4블

丰子恺

缘缘堂系书插图本

缘缘堂随笔

丰子恺 著

图书在版编目(CIP)数据

缘缘堂随笔/丰子恺著.—北京:人民文学出版社,2022
(缘缘堂书系·丰子恺插图本)
ISBN 978-7-02-010373-7

Ⅰ.①缘… Ⅱ.①丰… Ⅲ.①随笔—作品集—中国—现代 Ⅳ.①I266.1

中国版本图书馆CIP数据核字(2021)第237521号

责任编辑	杜　丽　陈　悦
装帧设计	刘　远
责任校对	王筱盈
责任印制	宋佳月
出版发行	人民文学出版社
社　　址	北京市朝内大街166号
邮政编码	100705
印　　刷	北京盛通印刷股份有限公司
经　　销	全国新华书店等
字　　数	50千字
开　　本	787毫米×1092毫米　1/32
印　　张	4.375　插页1
印　　数	1—6000
版　　次	2022年4月北京第1版
印　　次	2022年4月第1次印刷
书　　号	978-7-02-010373-7
定　　价	42.00元

如有印装质量问题,请与本社图书销售中心调换。电话:010-65233595

版本说明

1926年,弘一法师云游经过上海,来到丰子恺家中探望。丰子恺请弘一法师为自己的住所取名,弘一法师让丰子恺在小方纸上写了许多他所喜欢而可以互相搭配的文字,团成许多小纸球,撒在释迦牟尼画像前的供桌上,拿两次阄,拆开来都是"缘"字,遂名寓所为"缘缘堂"。缘缘堂并没有厅堂,是一个象征性的名称,以后丰子恺每迁居哪里,横披便挂在哪里,一直到1933年在故乡石门湾造成像样的宅院,给缘缘堂赋予真的形。

因为有弘一法师为丰子恺的寓所缘缘堂命名,所以丰先生称缘缘堂为"灵的存在",而那些冠以缘缘堂的随笔,由此也充满睿智与灵气,这正应了郁达夫对于缘缘堂随笔的评价："人家只晓得他的漫画入神，殊不知他的散文，清幽玄妙，灵达处反远出在他的画笔之上。"

本次出版的"缘缘堂书系·丰子恺插图本"包含《缘缘堂随笔》《缘缘堂再笔》《缘缘堂续笔》《缘缘堂新笔》《缘缘堂·车厢社会》《缘缘堂·随笔二十篇》六本散文集，每篇散文皆为丰子恺在缘缘堂时期创作。

丰子恺的缘缘堂系列作品在历年的出版过程中多次被拆分组合，形成各样版本的文集。本书系的文集皆采用初版本的篇目，且配上大量丰子恺在缘缘堂时期创作的漫画，还给读者一份原汁原味的"缘缘堂"。

目 录

剪网　001

渐　006

立达五周年纪念感想　013

自然　018

颜面　026

儿女　035

闲居　044

从孩子得到的启示　050

天的文学　059

东京某晚的事　063

楼板　067

姓　072

忆儿时　076

华瞻的日记　088

阿难　098

晨梦　104

艺术三昧　109

缘　114

大帐簿　120

秋　130

剪 网[①]

大娘舅[②]白相了"大世界"[③]回来。把两包良乡栗子在桌子上一放,躺在藤椅子里,脸上现出欢乐的疲倦,摇摇头说:

"上海地方白相真开心! 京戏,新戏,影戏,大鼓,说书,变戏法,甚么都有;吃茶,吃酒,吃菜,吃点心,由你自选;还有电梯,飞船,飞轮,跑冰……老虎,狮子,孔雀,大蛇……真是无奇不有! 唉,白相真开心,但是一想起铜钱就不开心。上海地方用铜钱真容易! 倘然白相不要铜钱,哈哈哈哈……"

---

① 本篇原载1928年1月《一般》杂志第4卷第1号,署名:子恺。
② 大娘舅,指作者之妻徐力民之大哥,这里是按照儿女们的称呼。
③ "大世界",当时上海一个著名游乐场。

我也陪他"哈哈哈哈……"。

大娘舅的话真有道理!"白相真开心,但是一想起铜钱就不开心",这种情形我也常常经验。我每逢坐船,乘车,买物,不想起钱的时候总觉得人生很有意义,对于制造者的工人与提供者的商人很可感谢。但是一想起钱的一种交换条件,就减杀了一大半的趣味。教书也是如此:同一班青年或儿童一起研究,为一班青年或儿童讲一点学问,何等有意义,何等欢喜!但是听到命令式的上课铃与下课铃,做到军队式的"点名",想到商贾式的"薪水",精神就不快起来,对于"上课"的一事就厌恶起来。这与大娘舅的白相大世界情形完全相同。所以我佩服大娘舅的话有道理,陪他一个"哈哈哈哈……"。

原来"价钱"的一种东西,容易使人限制又减小事物的意义。譬如像大娘舅所说:"共和厅里的一壶茶要两角钱,看一看狮子要二十个铜板。"规定了事物的代价,这事物的意义就被限制,似乎吃共和厅里的一壶茶等于吃两只角子,看狮子不外乎是看二十个铜板了。然而实际共和厅里的茶对于饮者的我，与狮子对于看者的我，趣味决不止这样简单。所以倘用估价钱的眼光来看事物，所见的世间就只有钱的一种东西，而更无别的意义，于是一切事物的意义就被减小了。"价钱"，就是使事物与钱发生关系。可知世间其他一切的"关系"，都是足以妨碍事物的本身的存在的真意义的。故我们倘要认识事物的本身的存在的真意义，就非撤去其对于世间的一切关系不可。

大娘舅一定能够常常不想起铜钱而白相大世界，所以能这样开心而赞美。然而他只是撤去"价钱"的一种关系而已。倘能常常不想起世间一切的关系而在这世界里做人，其一生一定更多欢慰。对于世间的麦浪，不要想起是面包的原料；对于盘中的橘子，不要想起是解渴的水果；对于路上的乞丐，不要想起是讨钱的穷人；对于目前的风景，不要想起是某镇某村的郊野。倘能有这种看法，其人在世间就像大娘舅白相大世界一样，能常常开心而赞美了。

我仿佛看见这世间有一个极大而极复杂的网，大

留春

大小小的一切事物,都被牢结在这网中,所以我想把握某一种事物的时候,总要牵动无数的线,带出无数的别的事物来,使得本物不能孤独地明晰地显现在我的眼前,因之永远不能看见世界的真相,大娘舅在大世界里,只将其与"钱"相结的一根线剪断,已能得到满足而归来。所以我想找一把快剪刀,把这个网尽行剪破,然后来认识这世界的真相。

艺术,宗教,就是我想找求来剪破这"世网"的剪刀吧!

丁卯〔1927〕年十月①

---

① 本文篇末原未署日期。这里所署的日期是发表在《一般》杂志时篇末所署。

渐[1]

使人生圆滑进行的微妙的要素,莫如"渐";造物主骗人的手段,也莫如"渐"。在不知不觉之中,天真烂漫的孩子"渐渐"变成野心勃勃的青年;慷慨豪侠的青年"渐渐"变成冷酷的成人;血气旺盛的成人"渐渐"变成顽固的老头子。因为其变更是渐进的,一年一年地、一月一月地、一日一日地、一时一时地、一分一分地、一秒一秒地渐进,犹如从斜度极缓的长远的山坡上走下来,使人不察其递降的痕迹,不见其各阶段的境界,而似乎觉得常在同样的地位,恒久不变,

---

[1] 本篇原载1928年6月《一般》杂志第5卷第2号,署名:婴行。新中国成立后作者收入自编的《缘缘堂随笔》(人民文学出版社1957年11月初版)时,文末略有改动。

又无时不有生的意趣与价值，于是人生就被确实肯定，而圆滑进行了。假使人生的进行不像山坡而像风琴的键板，由 do 忽然移到 re，即如昨夜的孩子今朝忽然变成青年；或者像旋律的"接离进行"地由 do 忽然跳到 mi，即如朝为青年而夕暮忽成老人，人一定要惊讶、感慨、悲伤，或痛感人生的无常，而不乐为人了。故可知人生是由"渐"维持的。这在女人恐怕尤为必要：歌剧中，舞台上的如花的少女，就是将来火炉旁边的老婆子，这句话，骤听使人不能相信，少女也不肯承认，实则现在的老婆子都是由如花的少女"渐渐"变成的。

　　人之能堪受境遇的变衰，也全靠这"渐"的助力。巨富的纨绔子弟因屡次破产而"渐渐"荡尽其家产，变为贫者；贫者只得做佣工，佣工往往变为奴隶，奴隶容易变为无赖，无赖与乞丐相去甚近，乞丐不妨做偷儿……这样的例，在小说中，在实际上，均多得很。因为其变衰是延长为十年二十年而一步一步地"渐渐"地达到的，在本人不感到什么强烈的刺激。故虽到了饥寒病苦刑笞交迫的地步，仍是熙熙然贪恋着目前的生的欢喜。假如一位千金之子忽然变了乞丐或偷儿，这人一定愤不欲生了。

这真是大自然的神秘的原则，造物主的微妙的功夫！阴阳潜移，春秋代序，以及物类的衰荣生杀，无不暗合于这法则。由萌芽的春"渐渐"变成绿阴的夏；由凋零的秋"渐渐"变成枯寂的冬。我们虽已经历数十寒暑，但在围炉拥衾的冬夜仍是难于想象饮冰挥扇的夏日的心情；反之亦然。然而由冬一天一天地、一时一时地、一分一分地、一秒一秒地移向夏，由夏一天一天地、一时一时地、一分一分地、一秒一秒地移向冬，其间实在没有显著的痕迹可寻。昼夜也是如此：傍晚坐在窗下看书，书页上"渐渐"地黑起来，倘不断地看下去（目力能因了光的渐弱而渐渐加强），几乎永远可以认识书页上的字迹，即不觉昼之已变为夜。黎明凭窗，不瞬目地注视东天，也不辨自夜向昼的推移的痕迹。女儿渐渐长大起来，在朝夕相见的父母全不觉得，难得见面的远亲就相见不相识了。往年除

人生之路

夕，我们曾在红蜡烛底下守候水仙花的开放，真是痴态！倘水仙花果真当面开放给我们看，便是大自然的原则的破坏，宇宙的根本的摇动，世界人类的末日临到了！

"渐"的作用，就是用每步相差极微极缓的方法来隐蔽时间的过去与事物的变迁的痕迹，使人误认其为恒久不变。这真是造物主骗人的一大诡计！这有一件比喻的故事：某农夫每天朝晨抱了犊而跳过一沟，到田里去工作，夕暮又抱了它跳过沟回家。每日如此，未尝间断。过了一年，犊已渐大，渐重，差不多变成大牛，但农夫全不觉得，仍是抱了它跳沟。有一天他因事停止工作，次日再就不能抱了这牛而跳沟了。造物的骗人，使人留连于其每日每时的生的欢喜而不觉其变迁与辛苦，就是用这个方法的。人们每日在抱了日重一日的牛而跳沟，不准停止。自己误以为是不变的，其实每日在增加其苦劳！

我觉得时辰钟是人生的最好的象征了。时辰钟的针，平常一看总觉得是"不动"的；其实人造物中最常然而在乘"社会"或"世界"的大火车的"人生"的长期的旅客中，就少有这样的明达之人。所以我觉得百年的寿命，定得太长。像现在的世界上的人，倘定他们搭船乘车的期间的寿命，也许在人类社会上可减少许多凶险残惨的争斗，而与火车中一样地谦让，和平，也未可知。

然人类中也有几个能胜任百年的或千古的寿命的人。那是"大人格""大人生"。他们能不为"渐"所迷，不为造物所欺，而收缩无限的时间并空间于方寸的心中。故佛家能纳须弥于芥子。中国古诗人（白居易）说："蜗牛角上争何事？石火光中寄此身。"英国诗人（Blake①）也说："一粒沙里见世界，一朵花里见天国；手掌里盛住无限，一刹那便是永劫。"

一九二八年芒种②

---

① 即布莱克（1757—1827）。
② 本文篇末原未署日期。这里所署的日期是发表在《一般》杂志时篇末所署。作者在新中国成立后自编的《缘缘堂随笔》（人民文学出版社1957年11月初版）中，篇末误署为：1925年作。

立达五周年纪念感想

立达五周年纪念了。在五周年纪念的时节,我便想起五年前立达诞生的光景。

现在全学园中,眼见立达诞生的人,已经很少。据我算来,只有匡先生、陶先生、练先生①、我,和校工郭志邦五个人。下面的旧话,可在我们五个人的心中唤起同样的感兴。

一九二四年的严冬,我们几个飘泊者在上海老靶子路租了两幢房子,挂起"立达中学"的招牌来。那时我日里②在西门另一个学校中做教师,吃过夜饭,就搭上五路电车,到老靶子路的两幢房子里来帮办筹

---

① 即匡互生、陶载良、练为章。
② 日里,江南一带方言,意即白天。

备工作。那时我们只有二三张板桌,和几只长凳,点一盏火油灯。我喜欢喝酒,每天晚上一到立达,从袋中摸出两只角子来,托"茶房"(就是郭志邦君,我们只有唯一的校工,故不称他郭志邦,而用"茶房"这个普通名词称呼他)去打黄酒。一面喝酒,一面商谈。吃完了酒,"茶房"烧些面给我们当夜饭吃。夜半模样,我再搭了五路电车回到我的寄食处去睡觉。——这样的日月,度过了约有三四个礼拜。正是这几天的天气。

不久我们为了房租太贵,雇了一辆榻车①,把全校迁到了小西门黄家阙的一所旧房子内,就开学了。在那里房租便宜得多,但房子也破旧得多。楼下吃饭的时候,常有灰尘或水渍从楼板上落在菜碗里。亭子间下面的灶间,是匡先生的办公处兼卧室。教室与走道没有间隔,陶先生去买了几条白布来挂上,当作板壁。……在那房子里上了半年课,迁居到江湾的自建的校舍——就是现在的立达学园——里,于兹四年

---

① 榻车,一种用人力拖拉的载货车。

半了。

讲起这种旧话,现在只有我们五个人心中有具象的回忆。我们五个人,对于立达这五岁的孩子,仿佛是接生的产婆。这孩子的长育,虽然全靠后来的许多乳母的功劳,但仅在这五周年纪念的一天,回想他的诞生的时候,我们五个人脸上似乎有些风光。

立达

但讲到风光，五人中我最惭愧了。我看他诞生以后，五年之中，实在没有好好地抚育他，近来更是疏远。匡先生、陶先生、练先生对他的操心比我深厚得多；然而三位先生还不及郭志邦君的专一。五年间始终不懈地、专心地、出全力地为他服劳的，实在只有郭志邦君一人。

他在五年前给我打酒，为我们烧面，招呼我们搬家。在五年的一千八百天中，不断地看守门房，收发信件，打钟报时。经过他的手的信件，倘以平均每日收发一百封计，已有十万零八千封。他的打钟，倘以平均每天二十次计，已有三万六千次。但他的态度未尝稍变，他的服务未尝稍懈，五年如一日。苦患的时候——例如前年的兵灾——他站在前面；享乐的时候——例如开同乐会——他退在后面。而他所得的工资，又常是微薄得很的。青年的园友们，试想想看：这种刻苦、坚忍、谦虚、知足的精神，我们应该如何钦佩！在五周年纪念会的席上，我们应该赠他"立达元勋"的尊号呢。

我在立达五周年纪念节所起的感想,只有这一点对志邦君的惭愧心。

一九三〇年作①

---

① 本文篇末原未署日期。这里所署的日期是新中国成立后作者自编的《缘缘堂随笔》(人民文学出版社1957年11月初版)中篇末所署。

自 然[①]

"美"都是"神"的手所造的。假手于"神"而造美的,是艺术家。

路上的褴褛的乞丐,身上全无一点人造的装饰,然而比时装美(?)女美得多。这里的火车站旁边有一个伛偻的老丐,天天在那里向行人求乞。我每次下了火车之后,迎面就看见一幅米叶〔米勒〕(Millet)的木炭画,充满着哀怨之情。我每次给他几个铜板——又买得一幅充满着感谢之情的画。

女性们煞费苦心于自己的身体的装饰。头发烫也不惜,胸臂冻也不妨,脚尖痛也不怕。然而真的女性

---

① 本篇原载1929年1月10日《小说月报》第20卷第1号。当时题名《自然颂》。

的美，全不在乎她们所苦心经营的装饰上。我们反在她们所不注意的地方发见她们的美。不但如此，她们所苦心经营的装饰，反而妨碍了她们的真的女性的美。所以画家不许她们加上这种人造的装饰，要剥光她们的衣服，而赤裸裸地描写"神"的作品。

画室里的模特儿虽然已经除去一切人造的装饰，剥光了衣服；然而她们倘然受了画学生的指使，或出于自心的用意，而装腔做势，想用人力硬装出好看的姿态来，往往越装越不自然，而所描的绘画越无生趣。印象派以来，裸体写生的画风盛于欧洲，普及于世界。使人走进绘画展览中，如入浴堂或屠场，满目是肉。然而用印象派的写生的方法来描出的裸体，极少有自然的、美的姿态。自然的美的姿态，在模特儿上台的时候是不会有的；只有在其休息的时候，那女子在台旁的绒毡上任意卧坐，自由活动的时候，方才可以见到美妙的姿态，这大概是世间一切美术学生所同感的情形吧。因为在休息的时候，不复受人为的拘束，可以任其自然的要求而活动。"任天而动"，就有"神"

所造的美妙的姿态出现了。

人在照相中的姿态都不自然，也就是为此。普通照相中的人物，都装着在舞台上演剧的优伶的神气，或南面而朝的王者的神气，或庙里的菩萨像的神气，又好像正在摆步位的拳教师的神气。因为普通人坐在照相镜头前面被照的时间，往往起一种复杂的心理，以致手足无措，坐立不安，全身紧张得很，故其姿态极不自然。加之照相者又要命令他"头抬高点！""眼睛看着！""带点笑容！"内面已在紧张，外面又要听照相者的忠告，而把头抬高，把眼钉住，把嘴勉强笑出，这是何等困难而又滑稽的办法！怎样教底片上显得出美好的姿态呢？我近来正在学习照相，因为嫌恶这一点，想规定不照人物的肖像，而专照风景与静物，即神的手所造的自然，及人借了神的手而布置的静物。

人体的美的姿态，必是出于自然的。换言之，凡美的姿态，都是从物理的自然的要求而出的姿态，即舒服的时候的姿态。这一点屡次引起我非常的铭感。无论贫贱之人，丑陋（？）之人，劳动者，黄包车夫，只要是顺其自然的天性而动，都是美的姿态的所有者，都可以礼赞。甚至对于生活的幸福全然无分的，第四阶级以下的乞丐，这一点也决不被剥夺，与富贵之人平等。不，乞丐所有的姿态的美，屡比富贵之人丰富得多。试入所谓上流的交际社会中，看那班所谓"绅士"，所谓"人物"的样子，点头，拱手，揖让，进退等种种不自然的举动，以及脸的外皮上硬装出来的笑容，敷衍应酬的不由衷的言语，实在滑稽得可笑，我每觉得这种是演剧，不是人的生活。作这样的生活，宁愿作乞丐。

被造物只要顺天而动，即见其真相，亦即见其固有的美。我往往在人的不注意，不戒备的时候，瞥见其人的真而美的姿态。但倘对他熟视或声明了，这人就注意，戒备起来，美的姿态也就杳然了。从前我习画的时候，有一天发现一个朋友的 pose〔姿态〕很好，要求他让我画一张 sketch〔速写〕，他限我明天。到了明天，他剃了头，换了一套新衣，挺直了项颈危坐在椅子里，教我来画。……这等人都不足与言美。我

马路上，互用醋意的眼观察服装

只有和我的朋友老黄①,能互相赏识其姿态,我们常常相对坐谈到半夜。老黄是画画的人,他常常嫌模特儿的姿态不自然,与我所见相同。他走进我的室内的时候,我倘觉得自己的姿势可观,就不起来应酬,依旧保住我的原状,让他先鉴赏一下。他一相之后,就会批评我的手如何,脚如何,全体如何。然后我们吸烟煮茶,晤谈别的事体。晤谈之中,我忽然在他的动作中发见了一个好的 pose,"不动!"他立刻石化,同画室里的石膏模型一样。我就欣赏或描写他的姿态。

不但人体的姿态如此,物的布置也逃不出这自然之律。凡静物的美的布置,必是出于自然的。换言之,即顺当的,妥帖的,安定的。取最卑近的例来说:假如桌上有一把茶壶与一只茶杯。倘这茶壶的嘴不向着茶杯而反向他侧,即茶杯放在茶壶的后面,犹之孩子躲在母亲的背后,谁也觉得这是不顺当的,不妥帖的,不安定的。同时把这画成一幅静物画,其章法(即构图)一定也不好。美学上所谓"多样的统一",就是说

① 即作者的好友、口琴家黄涵秋。

多样的事物，合于自然之律而作成统一，是美的状态。譬如讲坛的桌子上要放一个花瓶。花瓶放在桌子的正中，太缺乏变化，即统一而不多样。欲其多样，宜稍偏于桌子的一端。但倘过偏而接近于桌子的边上，看去也不顺当，不妥帖，不安定。同时在美学上也就是多样而不统一。大约放在桌子的三等分的界线左右，恰到好处，即得多样而又统一的状态。同时在实际也是最自然而稳妥的位置。这时候花瓶左右所余的桌子的长短，大约是三与五，至四与六的比例。这就是美学上所谓"黄金比例"。黄金比例在美学上是可贵的，同时在实际上也是得用的。所以物理学的"均衡"与美学的"均衡"颇有相一致的地方。右手携重物时左手必须扬起，以保住身体的物理的均衡。这姿势在绘画上也是均衡的。兵队中"稍息"的时候，身体的重量全部搁在左腿上，右腿不得不斜出一步，以保住物理的均衡。这姿势在雕刻上也是均衡的。

故所谓"多样的统一"，"黄金律"，"均衡"等美的法则，都不外乎"自然"之理，都不过是人们窥察神的意旨而得的定律。所以论文学的人说,"文章本天成,妙手偶得之";论绘画的人说,"天机勃露,独得于笔情墨趣之外"。"美"都是"神"的手所造的,假手于"神"而造美的,是艺术家。

一九二八年十月十二日①

---

① 本文篇末原未署日期。这里所署的日期是发表在《小说月报》时篇末所署。在新中国成立后作者自编的《缘缘堂随笔》(人民文学出版社1957年11月初版)中,篇末误署为:1926年作。

颜 面[1]

我小时候从李叔同先生学习弹琴,每弹错了一处,李先生回头向我一看。我对于这一看比什么都害怕。当时也不自知其理由,只觉得有一种不可当力,使我难于消受。现在回想起来,方知他这一看的颜面表情中历历表出着对于音乐艺术的尊敬,对于教育使命的严重,和对于我的疏忽的惩诫,实在比校长先生的一番训话更可使我感动。古人有故意误拂琴弦,以求周郎的一顾的,我当时实在怕见李先生的一顾,总是预先练得很熟,然后到他面前去还琴。

但是现在,李先生那种严肃的慈祥的脸色已不易

---

[1] 本篇原载1929年2月10日《小说月报》第20卷第2号,署名:子恺。本文首二段在1957年版《缘缘堂随笔》中被删去,文末最后一句亦删。

再见，却在世间看饱了各种各样的奇异的脸色。——当作雕刻或纸脸具看时，倒也很有兴味。

在人们谈话议论的座中，与其听他们的言辞的意义，不如看他们的颜面的变化，兴味好得多，且在实际上，也可以更深切地了解各人的心理。因为感情的复杂深刻的部分，往往为理义的言说所不能表出，而在"造形的"（plastic）脸色上历历地披露着。不但如此，尽有口上说"是"而脸上明明表出"非"的怪事。聪明的对手也能不听其言辞而但窥其脸色，正确地会得其心理。然而我并不想做这种聪明的对手，我最欢喜当作雕刻或纸脸具看人的脸孔。

看惯了脸，以为脸当然如此。但仔细凝视，就觉得颜面是很奇怪的一种形象。同是两眼，两眉，一口，一鼻排列在一个面中，而有万人各不相同的形式。同一颜面中，又有喜，怒，哀，乐，嫉妒，同情，冷淡，阴险，仓皇，忸怩……等千万种表情。凡词典内所有的一切感情的形容词，在颜面上都可表演，正如自然界一切种类的线具足于裸体中一样。推究其差别的原因，不外乎这数寸宽广的浮雕板中的形状与色彩的变化而已。

就五官而论，耳朵在表情上全然无用。记得某文学家说，耳朵的形状最表出人类的兽相。我从前曾经取一大张纸，在其中央剪出一洞，套在一个朋友的耳朵上，而单独地观看耳朵的姿态，久之不认识其为耳朵，而越觉得可怕。这大概是为了耳朵一向躲在鬓边，素不登颜面表情的舞台的原故。只有日本文学家芥川龙之介对于中国女子的耳朵表示敬意，说玲珑而洁白像贝壳。然耳朵无论如何美好，也不过像鬓边的玉兰花一类的装饰物而已，与表情全无关系。实际，耳朵位在脸的边上，只能当作这浮雕板的两个环子，不入浮雕范围之内。

在浮雕的版图内，鼻可说是颜面中的北辰，固定在中央。眉，眼，口，均以它为中心而活动，而作出各种表情。眉位在上方，形态简单；然与眼有表里的关系，处于眼的伴奏者的地位。演奏"颜面表情"的主要旋律的，是眼与口。二者的性质又不相同：照顾

无人之处

恺之的意见，"传神写照，正在阿堵之中"，故其画人常数年不点睛，说"点睛便欲飞去"，则眼是最富于表情的。然而口也不差：肖像画的似否，口的关系居多；试用粉笔在黑板上任意画一颜面，而仅变更其口的形状，大小，厚薄，弯度，方向，地位，可得各种完全不同的表情。故我以为眼与口在颜面表情上同样重要，眼是"色的"，口是"形的"。眼不能移动位置，但有青眼白眼等种种眼色，口虽没有色，但形状与位置的变动在五官中最为剧烈。倘把颜面看作一个家庭，则口是男性的，眼是女性的，两者常常协力而作出这家庭生活中的诸相。

然更进一步，我就要想到颜面构造的本质的问题。神造人的时候，颜面的创作是根据某种定理的，抑任意造出的？即颜面中的五官的形状与位置的排法是必然的，抑偶然的？从生理上说来，也许是合于实用的原则的，例如眉生在眼上，可以保护眼，鼻生在口上，可以帮助味觉。但从造形上说来，不必一定，苟有别种便于实用的排列法，我们也可同样地承认其为颜面，而看出其中的表情。各种动物的颜面，便得按照别种实用的原则而变更其形状与位置的。我们在动物的颜面中，一样可以看出表情，不过其脸上的筋肉不动，远不及人面的表情的丰富而已。试仔细辨察狗的颜面，可知各狗的相貌也各不相同。我们平常往往以"狗"的一个概念抹杀各狗的差别，难得有人尊重狗的个性，而费心辨察它们的相貌。这犹之我小时候初到上海，第一次看见西洋人，觉得面孔个个一样，红头巡捕尤其如此。——我的母亲每年来上海一二次，看见西洋人总说"这个人又来了"。——实则西洋人与印度人看我们，恐怕也是这样。这全是黄白异种的原故，我们看日本人或朝鲜人就没有这种感觉。这异种的范围推广起来，及于禽兽的时候，即可辨识禽兽的相貌。所以照我想来，人的颜面的形状与位置不一定要照现在的排法，不过偶然排成这样而已。倘变换一种排法，同样地有表情。只因我们久已看惯了现在状态的颜面，故对于这种颜面的表情，辨识力特别丰富又精细而已。

有情世界

至于眼睛有特殊训练的艺术家，尤其是画家，就能推广其对于颜面表情的辨识力，而在自然界一切生物无生物中看出种种的表情。"拟人化"（personification）的看法即由此而生。在桃花中看出笑颜，在莲花中看出粉脸，又如德国理想派画家Bocklin〔勃克林〕，其描写波涛，曾画一魔王追扑一弱女，以象征大波的吞没小浪，这可谓拟人化的极致了。就是非画家的普通人，倘能应用其对于颜面的看法于一切自然界，也可看到物象表情。有一个小孩子曾经发现开盖的洋琴〔钢琴〕（piano）的相貌好像露出一口整齐而洁白的牙齿的某先生，Waterman[①]的墨水瓶姿态像邻家的肥胖的妇人。我叹佩这孩子的造形的敏感。孩子比大人，概念弱而直观强，故所见更多拟人的印象，容易看见物象的真相。艺术家就是学习孩子们这种看法的。艺术家要在自然中看出生命，要在一草一木中发现自己，故必推广其同情心，普及

---

① 华特门，一种墨水的牌子名（原系人名）。

于一切自然，有情化一切自然。

这样说来，不但颜面有表情而已；无名的形状，无意义的排列，在明者的眼中都有表情，与颜面表情一样地明显而复杂。中国的书法便是其一例。西洋现代的立体派等新兴美术又是其一例吧?

一九二八年耶稣圣诞前十日在江湾缘缘堂 ①

---

① 本文篇末原未署日期。这里所署的日期是发表在《小说月报》时篇末所署。在新中国成立后作者自编的《缘缘堂随笔》(人民文学出版社1957年11月初版)中，篇末误署为：1929年作。

儿 女[1]

回想四个月以前,我犹似押送囚犯,突然地把小燕子似的一群儿女从上海的租寓中拖出,载上火车,送回乡间,关进低小的平屋中。自己仍回到上海的租界中,独居了四个月。这举动究竟出于什么旨意,本于什么计划,现在回想起来,连自己也不相信。其实旨意与计划,都是虚空的,自骗自扰的,实际于人生有什么利益呢?只赢得世故尘劳,做弄几番欢愁的感情,增加心头的创痕罢了!

当时我独自回到上海,走进空寂的租寓,心中不绝地浮起这两句《楞严》经文:"十方虚空在汝心中,犹如白云点太清里,况诸世界在虚空耶!"

[1] 本篇原载1928年10月10日《小说月报》第19卷第10号。

晚上整理房室，把剩在灶间里的篮钵、器皿、余薪、余米，以及其他三年来寓居中所用的家常零星物件，尽行送给来帮我做短工的、邻近的小店里的儿子。只有四双破旧的小孩子的鞋子（不知为什么缘故），我不送掉，拿来整齐地摆在自己的床下，而且后来看到的时候常常感到一种无名的愉快。直到好几天之后，邻居的友人过来闲谈，说起这床下的小鞋子阴气迫人，我方始悟到自己的痴态，就把它们拿掉了。

朋友们说我关心儿女。我对于儿女的确关心，在独居中更常有悬念的时候。但我自以为这关心与悬念中，除了本能以外，似乎尚含有一种更强的加味。所以我往往不顾自己的画技与文笔的拙陋，动辄描摹。因为我的儿女都是孩子们，最年长的不过九岁，所以我对于儿女的关心与悬念中，有一部分是对于孩子们——普天下的孩子们——的关心与悬念。他们成人以后我对他们怎么样？现在自己也不能晓得，但可推知其一定与现在不同，因为不复含有那种加味了。

回想过去四个月的悠闲宁静的独居生活，在我也

种瓜得瓜

颇觉得可恋，又可感谢。然而一旦回到故乡的平屋里，被围在一群儿女的中间的时候，我又不禁自伤了。因为我那种生活，或枯坐，默想，或钻研，搜求，或敷衍，应酬，比较起他们的天真、健全、活跃的生活来，明明是变态的，病的，残废的。

有一个炎夏的下午，我回到家中了。第二天的傍晚，我领了四个孩子 —— 九岁的阿宝、七岁的软软、五岁的瞻瞻、三岁的阿韦 —— 到小院中的槐荫下，坐在地上吃西瓜。夕暮的紫色中，炎阳的红味渐渐消减，凉夜的青味渐渐加浓起来。微风吹动孩子们的细丝一般的头发，身体上汗气已经全消，百感畅快的时候，孩子们似乎已经充溢着生的欢喜，非发泄不可了。最初是三岁的孩子的音乐的表现，他满足之余，笑嘻嘻摇摆着身子。口中一面嚼西瓜，一面发出一种像花猫偷食时候的"ngam ngam"的声音来。这音乐的表现立刻唤起五岁的瞻瞻的共鸣，他接着发表他的诗："瞻瞻吃西瓜，宝姐姐吃西瓜，软软吃西瓜，阿韦吃西瓜。"这诗的表现又立刻引起了七岁与九岁的孩子的散文的、数学的兴味：他们立刻把瞻瞻的诗句的意义归纳起来，报告其结果："四个人吃四块西瓜。"

于是我就做了评判者，在自己心中批判他们的作品。我觉得三岁的阿韦的音乐的表现最为深刻而完全，最能全般表出他的欢喜的感情。五岁的瞻瞻把这欢喜的感情翻译为（他的）诗，已打了一个折扣；然尚带着节奏与旋律的分子，犹有活跃的生命流露着。至于软软与阿宝的散文的、数学的、概念的表现，比较起来更肤浅一层。然而看他们的态度全部精神没入在吃西瓜的一事中，其明慧的心眼，比大人们所见的完全得多。天地间最健全的心眼，只是孩子们的所有物，世间事物的真相，只有孩子们能最明确、最完全地见到。我比起他们来，真的心眼已经被世智尘劳所蒙蔽，所斫丧，是一个可怜的残废者了。我实在不敢受他们"父亲"的称呼，倘然"父亲"是尊崇的。

我在平屋的南窗下暂设一张小桌子，上面按照一定的秩序而布置着稿纸、信笺、笔砚、墨水瓶、浆糊瓶、时表和茶盘等，不喜欢别人来任意移动，这是我

爸爸不在的时候

独居时的惯癖。我 —— 我们大人 —— 平常的举止，总是谨慎，细心，端详，斯文。例加磨墨，放笔，倒茶等，都小心从事，故桌上的布置每日依然，不致破坏或扰乱。因为我的手足的筋觉已经由于屡受物理的教训而深深地养成一种谨惕的惯性了。然而孩子们一爬到我的案上。就捣乱我的秩序，破坏我的桌上的构图，毁损我的器物。他们拿起自来水笔来一挥，洒了一桌子又一衣襟的墨水点；又把笔尖蘸在浆糊瓶里。他们用劲拔开毛笔的铜笔套，手背撞翻茶壶，壶盖打碎在地板上……这在当时实在使我不耐烦，我不免哼喝他们，夺脱他们手里的东西，甚至批他们的小颊。然而我立刻后悔：哼喝之后立刻继之以笑，夺了之后立刻加倍奉还，批颊的手在中途软却，终于变批为抚。因为我立刻自悟其非：我要求孩子们的举止同我自己一样，何其乖谬！我——我们大人——的举止谨惕，是为了身体手足的筋觉已经受了种种现实的压迫而痉挛了的缘故。孩子们尚保有天赋的健全的身手与真朴活跃的元气，岂像我们的穷屈？揖让、进退、规行、矩步等大人们的礼貌，犹如刑具，都是戕贼这天赋的健全的身手的。于是活跃的人逐渐变成了手足麻痹、半身不遂的残废者。残废者要求健全者的举止同他自己一样，何其乖谬！

儿女对我的关系如何？我不曾预备到这世间来

做父亲,故心中常是疑惑不明,又觉得非常奇怪。我与他们(现在)完全是异世界的人,他们比我聪明、健全得多;然而他们又是我所生的儿女。这是何等奇妙的关系!世人以膝下有儿女为幸福,希望以儿女永续其自我,我实在不解他们的心理。我以为世间人与人的关系,最自然最合理的莫如朋友。君臣、父子、昆弟、夫妇之情,在十分自然合理的时候都不外乎是一种广义的友谊。所以朋友之情,实在是一切人情的基础。"朋,同类也。"并育于大地上的人,都是同类的朋友,共为大自然的儿女。世间的人,忘却了他们的大父母,而只知有小父母,以为父母能生儿女,儿女为父母所生,故儿女可以永续父母的自我,而使之永存。于是无子者叹天道之无知,子不肖者自伤其天命,而狂进杯中之物,其实天道有何厚薄于其齐生并育的儿女!我真不解他们的心理。

近来我的心为四事所占据了:天上的神明与星辰,人间的艺术与儿童。这小燕子似的一群儿女,是在人世间与我因缘最深的儿童,他们在我心中占有与神明、星辰、艺术同等的地位。

戊辰[1928]年韦驮圣诞作于石湾①

---

① 本文篇末原未署日期。这里所署的日期是发表在《小说月报》时篇末所署。

闲 居[1]

闲居，在生活上人都说是不幸的，但在情趣上我觉得是最快适的了。假如国民政府新定一条法律："闲居必须整天禁锢在自己的房间里"，我也不愿出去干事，宁可闲居而被禁锢。

在房间里很可以自由取乐；如果把房间当作一幅画看的时候，其布置就如画的"置陈"了。譬如书房，主人的座位为全局的主眼，犹之一幅画中的 middle point〔中心点〕，须居全幅中最重要的地位。其他自书架、几、椅、藤床、火炉、壁饰、自鸣钟，以至痰盂、纸篓等，各以主眼为中心而布置，使全局的焦点

---

[1] 本篇原载1927年7月10日《小说月报》第18卷第7号。

好花时节不闲身

集中于主人的座位，犹之画中的附属物，背景，均须有护卫主物，显衬主物的作用。这样妥帖之后，人在里面，精神自然安定，集中，而快适。这是谁都懂得，谁都可以自由取乐的事。虽然有的人不讲究自己的房间的布置，然走进一间布置很妥帖的房间，一定谁也觉得快适。这可见人都会鉴赏，鉴赏就是被动的创作，故可说这是谁也懂得，谁也可以自由取乐的事。

我在贫乏而粗末①的自己的书房里，常常欢喜作这个玩意儿。把几件粗陋的家具搬来搬去，一月中总要搬数回。搬到痰盂不能移动一寸，脸盆架子不能旋转一度的时候，便有很妥帖的位置出现了。那时候我自己坐在主眼的座上，环视上下四周，君临一切。觉得一切都朝宗于我，一切都为我尽其职司，如百官之朝天，众星之拱北辰。就是墙上一只很小的钉，望去也似乎居相当的位置，对全体为有机的一员，对我尽专任的职司。我统御这个天下，想象南面王的气概，

---

① 日语中有此词，意即粗陋、不精致。

得到几天的快适。

有一次我闲居在自己的房间里，曾经对自鸣钟寻了一回开心。自鸣钟这个东西，在都会里差不多可说是无处不有，无人不备的了。然而它这张脸皮，我看惯了真讨厌得很。罗马字的还算好看；我房间里的一只，又是粗大的数学码子的。数学的九个字，我见了最头痛，谁愿意每天做数学呢！有一天，大概是闲日月中的闲日，我就从墙壁上请它下来，拿油画颜料把它的脸皮涂成天蓝色，在上面画几根绿的杨柳枝，又用硬的黑纸剪成两只飞燕，用浆糊黏住在两只针的尖头上。这样一来，就变成了两只燕子飞逐在杨柳中间的一幅圆额的油画了。凡在三点二十几分，八点三十几分等时候，画的构图就非常妥帖，因为两只飞燕适在全幅中稍偏的位置，而且追随在一块，画面就保住均衡了。辨识时间，没有数目字也是很容易的：针向上垂直为十二时，向下垂直为六时，向左水平为九时，向右水平为三时。这就是把圆周分为四个 quarter〔一刻钟〕，是肉眼也很容易办到的事。一个

quarter 里面平分为三格,就得长针五分钟的距离了,虽不十分容易正确,然相差至多不过一两分钟,只要不是天文台、电报局或火车站里,人家家里上下一两分钟本来是不要紧的。倘眼睛锐利一点,看惯之后,其实半分钟也是可以分明辨出的。这自鸣钟现在还挂在我的房间里,虽然惯用之后不甚新颖了,然终不觉得讨厌,因为它在壁上不是显明的实用的一只自鸣钟,而可以冒充一幅油画。除了空间以外,闲居的时候我又欢喜把一天的生活的情调来比方音乐。如果把一天的生活当作一个乐曲,其经过就像乐章(movement)的移行了。一天的早晨,晴雨如何?冷暖如何?人事的情形如何?犹之第一乐章的开始,先已奏出全曲的根柢的"主题"(theme)。一天的生活,例如事务的纷忙,意外的发生,祸福的临门,犹如曲中的长音阶〔大音阶〕变为短音阶〔小音阶〕的,C调变为F调,adagio〔柔板〕变为 allegro〔快板〕,其或昼永人闲,平安无事,那就像始终C调的 andante〔行板〕的长大的乐章了。以气候而论,春日是孟檀尔伸

〔门德尔松〕(Mendelsson),夏日是斐德芬〔贝多芬〕(Beethoven),秋日是晓邦〔肖邦〕(Chopin)、修芒〔舒曼〕(Schumann),冬日是修斐尔德〔舒伯特〕(Schubert)。这也是谁也可以感到,谁也可以懂得的事。试看无论甚么机关里,团体里,做无论甚么事务的人,在阴雨的天气,办事一定不及在晴天的起劲、高兴、积极。如果有不论天气,天天照常办事的人,这一定不是人,是一架机器。只要看挑到我们后门头来卖臭豆腐干的江北人,近来秋雨连日,他的叫声自然懒洋洋地低钝起来,远不如一月以前的炎阳下的"臭豆腐干!"的热辣了。

从孩子得到的启示[1]

一

晚上喝了三杯老酒,不想看书,也不想睡觉,捉一个四岁的孩子华瞻来骑在膝上,同他寻开心。我随口问:

"你最喜欢什么事?"

他仰起头一想,率然地回答:

"逃难。"我倒有点奇怪:"逃难"两字的意义,在他不会懂得,为什么偏偏选择它?倘然懂得,更不应该喜欢了。我就设法探问他:

"你晓得逃难就是什么?""就是爸爸、妈妈、宝

[1] 本篇原载1927年7月10日《小说月报》第18卷第9号。

姐姐、软软……娘姨，大家坐汽车，去看大轮船。"

啊！原来他的"逃难"的观念是这样的！他所见的"逃难"，是"逃难"的这一面！这真是最可喜欢的事！

一个月以前，上海还属孙传芳的时代，国民革命军将到上海的消息日紧一日，素不看报的我，这时候也定一份《时事新报》，每天早晨看一遍。有一天，我正在看昨天的旧报，等候今天的新报的时候，忽然上海方面枪炮声起了，大家惊惶失色，立刻约了邻人，扶老携幼地逃到附近的妇孺救济会里去躲避。其实倘然此地果真进了战线，或到了败兵，妇孺救济会也是不能救济的。不过当时张皇失措，有人提议这办法，大家就假定它为安全地带，逃了进去。那里面地方很大，有花园、假山、小川、亭台、曲栏、长廊、花树、白鸽，孩子们一进去，登临盘桓，快乐得如入新天地了。忽然兵车在墙外轰过，上海方面的机关枪声、炮声，愈响愈近，又愈密了。大家坐定之后，听听，想想，方才觉到这里也不是安全地带，当初不过是自骗罢了。有决断的人先出来雇汽车逃往租界。每走出一批人，留在里面的人增一次恐慌。我们结合邻人来商议，也决定出来雇汽车，逃到杨树浦的沪江大学。于是立刻把小孩子们从假山中、栏杆内捉出来，装进汽车里，飞奔杨树浦了。

所以决定逃到沪江大学者，因为一则有邻人与该校熟识，二则该校是外国人办的学校，较为安全可靠。枪炮声渐远渐弱，到听不见了的时候，我们的汽车已到沪江大学。他们安排一个房间给我们住，又为我们代办膳食。傍晚，我坐在校旁的黄浦江边的青草堤上，怅望云水遥忆故居的时候，许多小孩子采花、卧草，争看无数的帆船、轮船的驶行，又是快乐得如入新天地了。

次日，我同一邻人步行到故居来探听情形的时候，青天白日的旗子已经招展在晨风中，人人面有喜色，似乎从此可庆承平了。我们就雇汽车去迎回避难的眷属，重开我们的窗户，恢复我们的生活。从此"逃难"两字就变成家人的谈话的资料。

"飞机高，飞机低"

这是"逃难"。这是多么惊慌、紧张而忧患的一种经历！然而人物一无损丧，只是一次虚惊，过后回想，这日好似全家的人突发地出门游览两天。我想假如我是预言者，晓得这是虚惊，我在逃难的时候将何等有趣！素来难得全家出游的机会，素来少有坐汽车、游览、参观的机会。那一天不论时，不论钱，浪漫地、豪爽地、痛快地举行这游历，实在是人生难得的快事！只有小孩子真果感得这快味！他们逃难回来以后，常常拿香烟簏子来叠作栏杆、小桥、汽车、轮船、帆船，常常问我关于轮船、帆船的事，墙壁上及门上又常常有有色粉笔画的轮船、帆船、亭子、石桥的壁画出现。可见这"逃难"，在他们脑中有难忘的欢乐的印象。所以今晚无端地问华瞻最喜欢什么事，他立刻选定这"逃难"。原来他所见的，是"逃难"的这一面。

不止这一端：我们所打算，计较，争夺的洋钱，在他们看来个个是白银的浮雕的胸章，仆仆奔走的行人，血汗涔涔的劳动者，在他们看来个个是无目的地在游戏，在演剧，一切建设，一切现象，在他们看来都是大自然的点缀，装饰。

唉！我今晚受了这孩子的启示了：他能撤去世间事物的因果关系的网，看见事物的本身的真相。他是创造者，能赋给生命于一切的事物。他们是"艺术"的国土的主人。唉，我要从他学习！

二①

两个小孩子，八岁的阿宝与六岁的软软，把圆凳子翻转，叫三岁的阿韦坐在里面。他们两人同他抬轿子。不知哪一个人失手，轿子翻倒了。阿韦在地板上撞了一个大响头，哭了起来。乳母连忙来抱起。两个轿夫站在旁边呆看。乳母问："是谁不好？"

阿宝说："软软不好。"

软软说："阿宝不好。"

阿宝又说："软软不好，我好！"

---

① 以下文在1957年版《缘缘堂随笔》中被删去，现仍予恢复。

抬轿

软软也说:"阿宝不好,我好!"

阿宝哭了,说:"我好!"

软软也哭了,说:"我好!"

他们的话由"不好"转到了"好"。乳母已在喂乳,见他们哭了,就从旁调解:

"大家好,阿宝也好,软软也好,轿子不好!"

孩子听了,对翻倒在地上的轿子看看,各用手背揩揩自己的眼睛,走开了。

孩子真是愚蒙。直说"我好",不知谦让。

所以大人要称他们为"童蒙""童昏",要是大人,一定懂得谦让的方法:心中明明认为自己好而别人不好,口上只是隐隐地或转弯地表示,让众人看,让别人自悟。于是谦虚,聪明,贤慧等美名皆在我了。

讲到实在,大人也都是"我好"的。不过他们懂得谦让的一种方法,不像孩子地直说出来罢了。谦让方法之最巧者,是不但不直说自己好,反而故意说自己不好。明明在谆谆地陈理说义,劝谏君王,必称"臣虽下愚"。明明在自陈心得,辩论正义,或惩斥不良、训诫愚顽,表面上总自称"不佞""不慧",或"愚"。习惯之后,"愚"之一字竟通用作第一身称的代名词,凡称"我"处,皆用"愚"。常见自持正义而赤裸裸地骂人的文字函牍中,也称正义的自己为"愚",而称所骂的人为"仁兄"。这种矛盾,在形式上看来是滑稽的;在意义上想来是虚伪的,阴险的。"滑稽""虚伪""阴险",比较大人评孩子的所谓"蒙""昏",丑劣得多了。

对于"自己",原是谁都重视的。自己的要"生",要"好",原是普遍的生命的共通的大欲。今阿宝与软软为阿韦抬轿子,翻倒了轿子,跌痛了阿韦,是谁好谁不好,姑且不论,其表示自己要"好"的手段,是彻底地诚实,纯洁而不虚饰的。

我一向以小孩子为"昏蒙"。今天看了这件事,恍然悟到我们自己的昏蒙了。推想起来,他们常是诚实的,"称心而言"的,而我们呢,难得有一日不犯"言不由衷"的恶德!

唉!我们本来也是同他们那样的,谁造成我们这样呢?

一九二六年作①

---

① 本文篇末原未署日期。这里所署的日期是新中国成立后作者自编的《缘缘堂随笔》(人民文学出版社1957年11月初版)中篇末所署,比发表于《小说月报》的年代——1927年早一年。从第一则逃难(1927年北伐战争)的年代来看,从第二则中三个孩子的年龄(当时用虚年龄)来看,此文的写作年代应为1927年。

天的文学[1]

晚上九点半钟以后,孩子们都已熟睡,别人不会再来找我,便是我自己的时间了。

照例喝过一杯茶,用大学[2]眼药擦过眼睛,点起一支香烟,从书架上抽了一张星座图,悄悄地到门前的广场上去看星。

一支香烟是必要的。星座位置认不清楚的时候,可以把它当作灯,向图中探索一下。

看到北斗沉下去,只见斗柄的时候,我回到房间里,拿一册《天文学》来一翻。用铅笔在纸上试算:地球一匝为七万二千里,光每秒钟绕地球七匝,即每

---

[1] 本篇原载1927年7月10日《小说月报》第18卷第7号。
[2] 大学是日本大阪参天堂药铺产销的一种眼药牌子。

秒钟行五十万四千里；一小时有三千六百秒，一天有八万六千四百秒，一年有三万一千一百零四万①秒；光走一年的路长，为五十万四千乘三万一千一百零四万里，即一"光年"之长。自地球到织女星的距离为十光年，到牵牛星的距离为十四光年，到大熊星的星云要一千万光年！……我算到这里，忽然头痛起来，手里的铅笔沉重得不能移动，没有再算下去的精神了。于是放下铅笔，抛弃纸头，倒在床里了。

我躺在床上，从枕上窥见窗外的星，如练的银河，"秋宵的女王"的织女，南王的热闹。啊，秋夜的盛妆！我忘记了我的头痛了。我脑中浮出朝华的诗句来："织女明星来枕上，了知身不在人间。"立刻似乎身轻如羽，翱翔于星座之间了。

我俯视银河之波澜，访问织女的孤居，抚慰卡丽斯德神女的化身的大熊……"地球，再会！"我今晚要徜徉于银河之滨，牛女北斗之间了。

第二天早晨起来，我脑中历历地残留着昨夜的星

---

① 计算有误。应为三千一百五十三万六千。

夏夜星光特地明

界漫游的记忆;可是昨夜的头痛,也还保留着一些余味。

我想:几万万里,几千万年,算它做什么? 天文本来是"天的文学",谁教你们算的?

〔1927年〕

东京某晚的事[①]

我在东京某晚遇见一件很小的事,然而这件事我永远不能忘记,并且常常使我憧憬。

有一个夏夜,初黄昏时分,我们同住在一个"下宿"[②]里的四五个中国人相约到神保町去散步。东京的夏夜很凉快。大家带着愉快的心情出门,穿和服的几个人更是风袂飘飘,徜徉徘徊,态度十分安闲。

一面闲谈,一面踱步,踱到了十字路口的时候,忽然横路里转出一个伛偻的老太婆来。她两手搬着一块大东西,大概是铺在地上的席子,或者是纸窗的架子吧,鞠躬似的转出大路来。她和我们同走一条大路,

---

① 本篇原载1927年7月10日《小说月报》第18卷第7号。
② 下宿,日文,意即旅馆。

因为走得慢，跟在我们后面。

我走在最先。忽然听得后面起了一种与我们的闲谈调子不同的日本语声音，意思却听不清楚。我回头看时，原来是老太婆在向我们队里的最后的某君讲什么话。我只看见某君对那老太婆一看，立刻回转头来，露出一颗闪亮的金牙齿，一面摇头，一面笑着说：

"Iyada, iyada！"（不高兴，不高兴！）

似乎趋避后面的什么东西，大家向前挤挨一阵，走在最先的我被他们一推，跨了几脚紧步。不久，似乎已经到了安全地带，大家稍稍回复原来的速度的时候，我方才探问刚才所发生的事情。

原来这老太婆对某君说话，是因为她搬那块大东西搬得很吃力，想我们中间哪一个帮她搬一会。她的话是：

"你们哪一位替我搬一搬，好不好？"

某君大概是因为带了轻松愉快的心情出来散步，实在不愿意替她搬运重物，所以回报她两个"不高兴"。然而说过之后，在她近旁徜徉，看她吃苦，心

瓜车翻覆

里大概又觉得过意不去，所以趋避似的快跑几步，务使吃苦的人不在自己眼睛面前。我探问情由的时候，我们已经离开那老太婆十来丈路，颜面已经看不清楚，声音也已听不到了。然而大家的脚步还是有些紧，不像初出门时那么从容安闲。虽然不说话，但各人一致的脚步，分明表示大家都有这样的感觉。

我每次回想起这件事，总觉得很有意味。我从来不曾从素不相识的路人受到这样唐突的要求。那老太婆的话，似乎应该用在家庭里或学校里，决不是在路上可以听到的。这是关系深切而亲爱的小团体中的人们之间所有的话，不适用于"社会"或"世界"的大团体中的所谓"陌路人"之间。这老太婆误把陌路当作家庭了。

这老太婆原是悖事的，唐突的。然而我却在想象：假如真能像这老太婆所希望，有这样的一个世界：天下如一家，人们如家族，互相亲爱，互相帮助，共乐其生活，那时陌路就变成家庭，这老太婆就并不悖事，并不唐突了。这是多么可憧憬的世界！

山"，上海的空间的经济，住家的拥挤，隔一重板，简直可有交通断绝而气候不同的两个世界，"板"的力竟比山还大。

五六年之前，我初到上海，曾在上海的西门的某里租住人家的一间楼底。楼面与楼底分住两份人家，这回是我初次经验。在我们的故乡，楼上总是卧房，楼下总是供家堂六神的厅，决没有楼上楼下分住两份人家的习惯。我托人找到了这房子，进屋的前两天，自己先去看一次。三开间的一座楼屋，楼上三个楼面是二房东自己住的，楼下左面一间已另有一份人家租住，中央一间正面挂着一张朱柏庐先生治家格言，两壁挂着书画，是公用的客堂，右面一间空着，就是我要租住的。在初到上海的我看来，这实在是一家，我们此后将同这素不相识的两份人家同居，朝夕同堂，出入同门，这是何等偶然而奇妙的因缘。将来我们对这两份人家一定比久疏的亲戚同族要亲近得多，我们一定从此添了两家新的亲友，这是何等偶然而奇妙的因缘。我独自起了这样的心情，就请楼上的二房东下来，预备同他接洽，并作初见的谈话。

一个男子的二房东从楼窗里伸出头来，问我有什么事。我走到天井里，仰起头来回答他说，"我就是来租住这间房间的，要和房东先生谈一谈。"那人把眉头一皱对我说：

"你租房子？没有什么可谈的。你拿出十二块钱，明天起这房子归你。"

那头就缩了进去。随后一个娘姨出来，把那缩进去的头所说的话对我复述一遍。我心中有点不快，但想租定了也罢，就付他十二块钱，出门去了。

后来我们搬进去住了。虽然定房子那一天我已经见过这同居者的颜色，但总不敢相信人与人的相对待是这样冷淡的，楼板的效用这样大的。偶然在门间或窗际看见邻家的人的时候，我总想招呼他们，同他们结邻人之谊。然而他们的脸上有一种不可侵犯的颜色，和一种拒人的力，常常把我推却在千里之外。尽我们租住这房子的六个月之间，与隔一重楼板的二房东家及隔一所客堂的对门的人家朝夕相见，声音相闻，而

儿童世界与成人世界

终于不相往来，不相交语，偶然在里门口或天井里交臂，大家故意侧目而过，反似结了仇怨。

那时候我才回想起母亲的话，"隔重楼板隔重山"，我们与他们实在分居着空气不同的两个世界，而只要一重楼板就可隔断。板的力比山还大！

〔1927年〕

姓

我姓丰。丰这个姓,据我们所晓得,少得很。在我故乡的石门湾里,也"只此一家",跑到外边来,更少听见有姓丰的人。所以人家问了我尊姓之后,总说"难得,难得!"

因这原故,我小时候受了这姓的暗示,大有自命不凡的心理。然而并非单为姓丰难得,又因为在石门湾里,姓丰的只有我们一家,而中举人的也只有我父亲一人。在石门湾里,大家似乎以为姓丰必是举人,而举人必是姓丰的。记得我幼时,父亲的用人褚老五抱我去看戏回来,途中对我说:"石门湾里没有第二个老爷,只有丰家里是老爷,你大起来也做老爷,丰

---

① 本篇原载1927年7月10日《小说月报》第18卷第7号。

老爷！"

科举废了，父亲死了。我十岁的时候，做短工的黄半仙有一天晚上对我的大姐说："新桥头米店里有一个丰官，不晓得是什么地方人。"大姐同母亲都很奇怪，命黄半仙当夜去打听，是否的确姓丰？哪里人？意思似乎说，姓丰会有第二家的？不要是冒牌？

黄半仙回来，说："的确姓丰，'养鞠须丰'的'丰'，说是斜桥人。"大姐含着长烟管说："难道真的？不要是'酆鲍史唐'的'酆'吧？"但也不再追究。

后来我游杭州，上海，东京，朋友中也没有同姓者。姓丰的果然只有我一人。然而不拘我一向何等自命不凡地做人，总做不出一点姓丰的特色来，到现在还是与非姓丰的一样混日子，举人也尽管不中，倒反而为了这姓的怪僻，屡屡打麻烦：人家问起"尊姓？"我说"敝姓丰"，人家总要讨添，或者误听为"冯"。旅馆里，城门口查夜的警察，甚至疑我假造，说"没有这姓！"

Goodby, my sweet home!

最近在宁绍轮船里,一个钱庄商人教了我一个很简明的说法:我上轮船,钻进房舱里,先有这个肥胖的钱庄商人在内。他照例问我"尊姓?"我说:"丰,咸丰皇帝的丰。"大概时代相隔太远,一时教他想不起咸丰皇帝,他茫然不懂。我用指在掌中空划,又说:"五谷丰登的丰。"大概"五谷丰登"一句成语,钱庄上用不到,他也一向不曾听见过。他又茫然不懂,于是我摸出铅笔来,在香烟簏上写了一个"丰"字给他看,他恍然大悟似的说:"啊!不错不错,汇丰银行的丰!"

啊,不错不错!汇丰银行的确比咸丰皇帝时髦,比五谷丰登通用!以后别人问我的时候我就这样回答了。

〔1927年〕

忆儿时 [①]

一

我回忆儿时,有三件不能忘却的事。

第一件是养蚕。那是我五六岁时、我祖母在日的事。我祖母是一个豪爽而善于享乐的人,良辰佳节不肯轻轻放过。养蚕也每年大规模地举行。其实,我长大后才晓得,祖母的养蚕并非专为图利,叶贵的年头常要蚀本,然而她喜欢这暮春的点缀,故每年大规模地举行。我所喜欢的,最初是蚕落地铺。那时我们的三开间的厅上、地上统是蚕,架着经纬的跳板,以便通行及饲叶。蒋五伯挑了担到地里去采叶,我与诸姐

[①] 本篇原载1927年6月10日《小说月报》第18卷第6号。

三眠

跟了去，去吃桑葚。蚕落地铺的时候，桑葚已很紫而甜了，比杨梅好吃得多。我们吃饱之后，又用一张大叶做一只碗，采了一碗桑葚，跟了蒋五伯回来。蒋五伯饲蚕，我就以走跳板为戏乐，常常失足翻落地铺里，压死许多蚕宝宝，祖母忙喊蒋五伯抱我起来，不许我再走。然而这满屋的跳板，像棋盘街一样，又很低，走起来一点也不怕，真是有趣。这真是一年一度的难得的乐事！所以虽然祖母禁止，我总是每天要去走。

蚕上山之后，全家静默守护，那时不许小孩子们吵了，我暂时感到沉闷。然而过了几天，采茧、做丝，热闹的空气又浓起来了。我们每年照例请牛桥头七娘娘来做丝。蒋五伯每天买枇杷和软糕来给采茧、做丝、烧火的人吃。大家认为现在是辛苦而有希望的时候，应该享受这点心，都不客气地取食。我也无功受禄地天天吃多量的枇杷与软糕，这又是乐事。

七娘娘做丝休息的时候，捧了水烟筒，伸出她左手上的短少半段的小指给我看，对我说：做丝的时候，丝车后面，是万万不可走近去的。她的小指，便是小时候不留心被丝车轴棒轧脱的。她又说:"小囡囡不可走近丝车后面去,只管坐在我身旁,吃枇杷,吃软糕。还有做丝做出来的蚕蛹,叫妈妈油炒一炒,真好吃哩!"然而我始终不要吃蚕蛹,大概是我爸爸和诸姐都不要吃的原故。我所乐的,只是那时候家里的非常的空气。日常固定不动的堂窗、长台、八仙椅子,都收拾去,而变成不常见的丝车、匾、缸。又不断地公然地可以吃小食。

丝做好后,蒋五伯口中唱着"要吃枇杷,来年蚕罢",收拾丝车,恢复一切陈设。我感到一种兴尽的寂寥。然而对于这种变换,倒也觉得新奇而有趣。

现在我回忆这儿时的事,常常使我神往!祖母、蒋五伯、七娘娘和诸姐都像童话里、戏剧里的人物了。且在我看来,他们当时这剧的主人公便是我。何等甜美的回忆!只是这剧的题材,现在我仔细想想觉得不好:养蚕做丝,在生计上原是幸福的,然其本身是数万的生灵的杀虐!《西青散记》里面有两句仙人的诗句:"自织藕丝衫子嫩,可怜辛苦赦春蚕。"安得人间也发明织藕丝的丝车，而尽赦天下的春蚕的性命！

我七岁上祖母死了①，我家不复养蚕。不久父亲与诸姐弟相继死亡，家道衰落了，我的幸福的儿时也过去了。因此这回忆一面使我永远神往，一面又使我永远忏悔。

二

第二件不能忘却的事，是父亲的中秋赏月，而赏月之乐的中心，在于吃蟹。

我的父亲中了举人之后，科举就废，他无事在家，每天吃酒，看书。他不要吃羊、牛、猪肉，而喜欢吃鱼、虾之类。而对于蟹，尤其喜欢。自七八月起直到冬天，父亲平日的晚酌规定吃一只蟹，一碗隔壁豆腐店里买来的开锅热豆腐干。他的晚酌，时间总在黄昏。八仙桌上一盏洋油灯，一把紫砂酒壶，一只盛热豆腐

---

① 作者祖母卒于1902年5月，当时作者五岁。

干的碎瓷盖碗，一把水烟筒，一本书，桌子角上一只端坐的老猫，我脑中这印象非常深刻，到现在还可以清楚地浮现出来。我在旁边看，有时他给我一只蟹脚或半块豆腐干。然我喜欢蟹脚。蟹的味道真好，我们五个姊妹兄弟，都喜欢吃，也是为了父亲喜欢吃的原故。只有母亲与我们相反，喜欢吃肉，而不喜欢又不会吃蟹，吃的时候常常被蟹螯上的刺刺开手指，出血；而且抉剔得很不干净，父亲常常说她是外行。父亲说：吃蟹是风雅的事，吃法也要内行才懂得。先折蟹脚，后开蟹斗……脚上的拳头（即关节）里的肉怎样可以吃干净，脐里的肉怎样可以剔出……脚爪可以当作剔肉的针……蟹螯上的骨头可拼成一只很好看的蝴蝶……父亲吃蟹真是内行，吃得非常干净。所以陈妈妈说："老爷吃下来的蟹壳，真是蟹壳。"

蟹的储藏所，就在天井角落里的缸里，经常总养着十来只。到了七夕、七月半、中秋、重阳等节候上，缸里的蟹就满了，那时我们都有得吃，而且每人得吃一大只，或一只半。尤其是中秋一天，兴致更浓。在深黄昏，移桌子到隔壁的白场①上的月光下面去吃。更深人静，明月底下只有我们一家的人，恰好围成一桌，此外只有一个供差使的红英坐在旁边。大家谈笑，看月亮，他们——父亲和诸姐——直到月落时光，我则半途睡去，与父亲和诸姐不分而散。

这原是为了父亲嗜蟹，以吃蟹为中心而举行的。故这种夜宴，不仅限于中秋，有蟹的节季里的月夜，无端也要举行数次。不过不是良辰佳节，我们少吃一点，有时两人分吃一只。我们都学父亲，剥得很精细，剥出来的肉不是立刻吃的，都积受在蟹斗里，剥完之后，放一点姜醋，拌一拌，就作为下饭的菜，此外没有别的菜了。因为父亲吃菜是很省的，而且他说蟹是至味，吃蟹时混吃别的菜肴，是乏味的。我们也学他，半蟹斗的蟹肉，过两碗饭还有余，就可得父亲的称赞，又可以白口吃下余多的蟹肉，所以大家都勉力节省。现在回想那时候，半条蟹腿肉要过两大口饭，这滋味真好！自父亲死了以后，我不曾再尝这种好滋味。现

---

① 白场，作者家乡话，即家门前的空地。

秋饮黄花酒

在，我已经自己做父亲，况且已经茹素，当然永远不会再尝这滋味了。唉！儿时欢乐，何等使我神往！

然而这一剧的题材，仍是生灵的杀虐！因此这回忆一面使我永远神往，一面又使我永远忏悔。

三

第三件不能忘却的事，是与隔壁豆腐店里的王囡囡的交游，而这交游的中心，在于钓鱼。

那是我十二三岁时的事，隔壁豆腐店里的王囡囡是当时我的小侣伴中的大阿哥。他是独子，他的母亲、祖母和大伯，都很疼爱他，给他很多的钱和玩具，而且每天放任他在外游玩。他家与我家贴邻而居。我家的人们每天赴市，必须经过他家的豆腐店的门口，两家的人们朝夕相见，互相来往。小孩们也朝夕相见，互相来往。此外他家对于我家似乎还有一种邻人以上的深切的交谊，故他家的人对于我特别要好，他的祖母常常拿自产的豆腐干、豆腐衣等来送给我父亲下酒。

同时在小侣伴中，王囡囡也特别和我要好。他的年纪比我大，气力比我好，生活比我丰富，我们一道游玩的时候，他时时引导我，照顾我，犹似长兄对于幼弟。我们有时就在我家的染坊店里的榻上玩耍，有时相偕出游。他的祖母每次看见我俩一同玩耍，必叮嘱囡囡好好看待我，勿要相骂。我听人说，他家似乎曾经患难，而我父亲曾经帮他们忙，所以他家大人们吩咐王囡囡照应我。

我起初不会钓鱼，是王囡囡教我的。他叫他大伯

菱塘浅

买两副钓竿，一副送我，一副他自己用。他到米桶里去捉许多米虫，浸在盛水的罐头里，领了我到木场桥头去钓鱼。他教给我看，先捉起一个米虫来，把钓钩由虫尾穿进，直穿到头部。然后放下水去。他又说："浮珠一动，你要立刻拉，那么钩子钩住鱼的颚，鱼就逃不脱。"我照他所教的试验，果然第一天钓了十几头白条，然而都是他帮我拉钓竿的。

第二天，他手里拿了半罐头扑杀的苍蝇，又来约我去钓鱼。途中他对我说："不一定是米虫，用苍蝇钓鱼更好。鱼喜欢吃苍蝇！"这一天我们钓了一小桶各种的鱼。回家的时候，他把鱼桶送到我家里，说他不要。我母亲就叫红英去煎一煎，给我下晚饭。

自此以后，我只管欢喜钓鱼。不一定要王囡囡陪去，自己一人也去钓，又学得了掘蚯蚓来钓鱼的方法。而且钓来的鱼，不仅够自己下晚饭，还可送给店里的人吃，或给猫吃。我记得这时候我的热心钓鱼，不仅出于游戏欲，又有几分功利的兴味在内。有三四个夏季，我热心于钓鱼，给母亲省了不少的菜蔬钱。

后来我长大了,赴他乡入学,不复有钓鱼的工夫。但在书中常常读到赞咏钓鱼的文句,例如什么"独钓寒江雪",什么"渔樵度此身",才知道钓鱼原来是很风雅的事。后来又晓得有所谓"游钓之地"的美名称,是形容人的故乡的。我大受其煽惑,为之大发牢骚:我想"钓鱼确是雅的,我的故乡,确是我的游钓之地,确是可怀的故乡。"但是现在想想,不幸而这题材也是生灵的杀虐!

我的黄金时代很短,可怀念的又只有这三件事。不幸而都是杀生取乐,都使我永远忏悔。

一九二七年梅雨时节 ①

---

① 本文篇末原未署日期。这里所署的日期是发表在《小说月报》时篇末所署。

华瞻的日记[①]

一

隔壁二十三号里的郑德菱,这人真好!今天妈妈抱我到门口,我看见她在水门汀上骑竹马。她对我一笑,我分明看出这一笑是叫我去一同骑竹马的意思。我立刻还她一笑,表示我极愿意,就从母亲怀里走下来,和她一同骑竹马了。两人同骑一枝竹马,我想转弯了,她也同意;我想走远一点,她也欢喜;她说让马儿吃点草,我也高兴;她说把马儿系在冬青上,我也觉得有理。我们真是同志和朋友!兴味正好的时候,妈妈出来拉住我的手,叫我去吃饭。我说:"不高

① 本篇原载1927年6月10日《小说月报》第18卷第6号。

郎骑竹马来

兴。"妈妈说:"郑德菱也要去吃饭了!"果然郑德菱的哥哥叫着"德菱!"也走出来拉住郑德菱的手去了。我只得跟了妈妈进去。当我们将走进各自的门口的时候,她回头向我一看,我也回头向她一看,各自进去,不见了。

我实在无心吃饭。我晓得她一定也无心吃饭。不然,何以分别的时候她不对我笑,而且脸上很不高兴呢?我同她在一块,真是说不出的有趣。吃饭何必急急?即使要吃,尽可在空的时候吃。其实照我想来,像我们这样的同志,天天在一块吃饭,在一块睡觉。多好呢?何必分作两家?即使要分作两家,反正爸爸同郑德菱的爸爸很要好,妈妈也同郑德菱的妈妈常常谈笑,尽可你们大人作一块,我们小孩子作一块,不更好吗?

这"家"的分配法,不知是谁定的,真是无理之极了。想来总是大人们弄出来的。大人们的无理,近来我常常感到,不止这一端:那一天爸爸同我到先施公司去,我看见地上放着许多小汽车、小脚踏车,这分明是我们小孩子用的；但是爸爸一定不肯给我拿一部回家，让它许多空摆在那里。回来的时候，我看见许多汽车停在路旁；我要坐，爸爸一定不给我坐，让它们空停在路旁。又有一次，娘姨抱我到街里去，一个掮着许多小花篮的老太婆，口中吹着笛子，手里拿着一只小花篮，向我看，把手中的花篮递给我；然而娘姨一定不要，急忙抱我走开去。这种小花篮，原是小孩子玩的，况且那老太婆明明表示愿意给我，娘姨何以一定叫我不要接呢？娘姨也无理，这大概是爸爸教她的。

我最欢喜郑德菱。她同我站在地上一样高，走路也一样快，心情志趣都完全投合。宝姐姐或郑德菱的哥哥，有些不近情的态度，我看他们不懂。大概是他们身体长大，稍近于大人，所以心情也稍像大人的无理了。宝姐姐常常要说我"痴"。我对爸爸说，要天不下雨，好让郑德菱出来，宝姐姐就用指点着我，说："瞻瞻痴！"怎么叫"痴"？你每天不来同我玩耍，夹了书包到学校里去，难道不是"痴"吗？爸爸整天坐在桌子前，在文章格子上一格一格地填字，难道不是

"痴"吗？天下雨，不能出去玩，不是讨厌的吗？我要天不要下雨，正是近情合理的要求。我每天晚快听见你要爸爸开电灯，爸爸给你开了，满房间就明亮；现在我也要爸爸叫天不下雨，爸爸给我做了，晴天岂不也爽快呢？你何以说我"痴"？郑德菱的哥哥虽然没有说我什么，然而我总讨厌他。我们玩耍的时候，他常常板起脸，来拉郑德菱，说"赤了脚到人家家里，不怕难为情！"又说"吃人家的面包，不怕难为情！"立刻拉了她去。"难为情"是大人们惯说的话，大人们常常不怕厌气，端坐在椅子里，点头，弯腰，说什么"请，请""对不起""难为情"一类的无聊的话。他们都有点像大人了！

啊！我很少知己！我很寂寞！母亲常常说我"会哭"，我哪得不哭呢？

二

今天我看见一种奇怪的现状：

吃过糖粥,妈妈抱我走到吃饭间里的时候,我看见爸爸身上披一块大白布,垂头丧气地朝外坐在椅子上,一个穿黑长衫的麻脸的陌生人,拿一把闪亮的小刀,竟在爸爸后头颈里用劲地割。啊哟!这是何等奇怪的现状!大人们的所为,真是越看越稀奇了!爸爸何以甘心被这麻脸的陌生人割呢?痛不痛呢?

更可怪的,妈妈抱我走到吃饭间里的时候,她明明也看见这爸爸被割的骇人的现状。然而她竟毫不介意,同没有看见一样。宝姐姐夹了书包从天井里走进来,我想她见了一定要哭。谁知她只叫一声"爸爸",向那可怕的麻子一看,就全不经意地到房间里去挂书包了。前天爸爸自己把手指割开了,他不是大叫"妈妈",立刻去拿棉花和纱布来吗?今天这可怕的麻子咬紧了牙齿割爸爸的头,何以妈妈和宝姐姐都不管呢?我真不解了。可恶的,是那麻子。他耳朵上还夹着一支香烟,同爸爸夹铅笔一样。他一定是没有铅笔的人,一定是坏人。

后来爸爸挺起眼睛叫我:"华瞻,你也来剃头,好否？"

爸爸叫过之后，那麻子就抬起头来，向我一看，露出一颗闪亮的金牙齿来。我不懂爸爸的话是什么意思，我真怕极了。我忍不住抱住妈妈的项颈而哭了。这时候妈妈、爸爸和那个麻子说了许多话，我都听不清楚，又不懂。只听见"剃头""剃头"，不知是什么意思。我哭了，妈妈就抱我由天井里走出门外。走到门边的时候，我偷眼向里边一望，从窗缝窥见那麻子又咬紧牙齿，在割爸爸的耳朵了。

门外有学生在抛球，有兵在体操，有火车开过。妈妈叫我不要哭，叫我看火车。我悬念着门内的怪事，没心情去看风景，只我恨那麻子，这一定不是好人。我想对妈妈说，拿棒去打他。然而我终于不说。因为据我的经验，大人们的意见往往与我相左。他们往往不讲道理，硬要我吃最不好吃的"药"，硬要我做最难当的"洗脸"，或坚不许我弄最有趣的水，最好看的火。今天的怪事，他们对之都漠然，意见一定又是与我相左的。我若提议去打，一定不被赞成。横竖拗不过他们，算了吧。我只有哭！最可怪的，平常同情于我的弄水弄火的宝姐姐，今天也跳出门来笑我，跟了妈妈说我"痴子"。我只有独自哭！有谁同情于我的哭呢？

到妈妈抱了我回来的时候，我才仰起头，预备再看一看，这怪事怎么样了？那可恶的麻子还在否？谁知一跨进墙门槛，就听见"拍，拍"的声音。走进吃饭间，我看见那麻子正用拳头打爸爸的背。"拍，拍"的声音，正是打的声音。可见他一定是用力打的，爸爸一定很痛。然而爸爸何以任他打呢？妈妈何以又不管呢？我又哭。妈妈急急地抱我到房间里，对娘姨讲些话，两人都笑起来，都对我讲了许多话。然而我还听见隔壁打人的"拍，拍"的声音，无心去听她们的话。

爸爸不是说过"打人是最不好的事"吗？那一天软软不肯给我香烟牌子，我打了她一掌，爸爸曾经骂我，说我不好；还有那一天我打碎了寒暑表，妈妈打了我一下屁股，爸爸立刻抱我，对妈妈说"打不行。"

瞻瞻底梦

何以今天那麻子在打爸爸，大家不管呢？我继续哭，我在妈妈的怀里睡去了。

我醒来，看见爸爸坐在披雅娜〔钢琴〕旁边，似乎无伤，耳朵也没有割去，不过头很光白，像和尚了。我见了爸爸，立刻想起了睡前的怪事，然而他们——爸爸、妈妈等——仍是毫不介意，绝不谈起。我一回想，心中非常恐怖又疑惑。明明是爸爸被割项颈，割耳朵，又被用拳头打，大家却置之不问，任我一个人恐怖又疑惑。唉！有谁同情于我的恐怖？有谁为我解释这疑惑呢？

一九二七年初夏①

---

① 本文篇末原未署日期。这里所署的日期是发表在《一般》杂志时篇末所署。在新中国成立后作者自编的《缘缘堂随笔》（人民文学出版社1957年11月初版）中，篇末误署为：1926年作。

阿 难[①]

往年我妻曾经遭逢小产的苦难。在半夜里，六寸长的小孩辞了母体而默默地出世了。医生把他裹在纱布里，托出来给我看，说着：

"很端正的一个男孩！指爪都已完全了，可惜来得早了一点！"我正在惊奇地从医生手里窥看的时候，这块肉忽然动起来，胸部一跳，四肢同时一撑，宛如垂死的青蛙的挣扎。我与医生大家吃惊，屏息守视了良久，这块肉不再跳动，后来渐渐发冷了。

唉！这不是一块肉，这是一个生灵，一个人。他是我的一个儿子，我要给他起名字：因为在前有阿宝，

---

① 本篇原载1927年11月10日《小说月报》第18卷第11号，署名：子恺。

阿先，阿瞻，又他母亲为他而受难，故名曰"阿难"。阿难的尸体给医生拿去装在防腐剂的玻璃瓶中；阿难的一跳印在我的心头。

阿难！一跳是你的一生！你的一生何其草草？你的寿命何其短促？我与你的父子的情缘何其浅薄呢？

然而这等都是我的妄念。我比起你来，没有什么大差异。数千万光年中的七尺之躯，与无穷的浩劫中的数十年，叫做"人生"。自有生以来，这"人生"已被反复了数千万遍，都像昙花泡影地倏现倏灭，现在轮到我在反复了。所以我即使活了百岁，在浩劫中，与你的一跳没有什么差异。今我嗟伤你的短命，真是九十九步的笑百步！

阿难！我不再为你嗟伤，我反要赞美你的一生的天真与明慧。原来这个我，早已不是真的我了。人类所造作的世间的种种现象，迷塞了我的心眼，隐蔽了我的本性，使我对于扰攘奔逐的地球上的生活，渐渐习惯，视为人生的当然而恬不为怪。实则坠地时的我

的本性,已经斫丧无余了。《西青散记》里史震林的《自序》中的这样的话:

> 余初生时,怖夫天之乍明乍暗,家人曰:昼夜也。怪夫人之乍有乍无,曰:生死也。教余别星,曰:孰箕斗;别禽,曰:孰乌鹊,识所始也。生以长,乍暗乍明乍有乍无者,渐不为异。间于纷纷混混之时,自提其神于太虚而俯之,觉明暗有无之乍乍者,微可悲也。

我读到这一段,非常感动,为之掩卷悲伤,仰天太息。以前我常常赞美你的宝姐姐与瞻哥哥,说他们的儿童生活何等的天真,自然,他们的心眼何等的清白,明净,为我所万不敢望。然而他们哪里比得上你?他们的视你,亦犹我的视他们。他们的生活虽说天真,自然,他们的眼虽说清白,明净;然他们终究已经有了这世间的知识,受了这世界的种种诱惑,染了这世间的色彩,一层薄薄的雾障已经笼罩了他们的天真与

小弟弟的出殡

明净了。你的一生完全不着这世间的尘埃。你是完全的天真，自然，清白，明净的生命。世间的人，本来都有像你那样的天真明净的生命，一入人世，便如入了乱梦，得了狂疾，颠倒迷离，直到困顿疲毙，始仓皇地逃回生命的故乡。这是何等昏昧的痴态！你的一生只有一跳，你在一秒间干净地了结你在人世间的一生，你坠地立刻解脱。正在风中狂走的我，更何敢企望你的天真与明慧呢？

我以前看了你的宝姐姐瞻哥哥的天真烂漫的儿童生活，惋惜他们的黄金时代的将逝，常常作这样的异想："小孩子长到十岁左右无病地自己死去，岂不完成了极有意义与价值的一生呢？"但现在想想，所谓"儿童的天国""儿童的乐园"，其实贫乏而低小得很，只值得颠倒困疲的浮世苦者的艳羡而已，又何足挂齿？像你的以一跳了生死，绝不撄浮生之苦，不更好吗？在浩劫中，人生原只是一跳。我在你的一跳中，瞥见一切的人生了。

然而这仍是我的妄念。宇宙间人的生灭，犹如大海中的波涛的起伏。大波小波，无非海的变幻，无不归元于海，世间一切现象，皆是宇宙的大生命的显示。阿难！你我的情缘并不淡薄，你就是我，我就是你；无所谓你我了！

一九二七年九月十七日①

---

① 本文篇末原未署日期。这里所署的日期是发表在《小说月报》时篇末所署。在新中国成立后作者自编的《缘缘堂随笔》（人民文学出版社1957年11月初版）中，篇末误署为：1926年作。

晨 梦[1]

我常常在梦中晓得自己做梦。晨间，将醒未醒的时候，这种情形最多，这不是我一人独有的奇癖，讲出来常常有人表示同感。

近来我尤多经验这种情形：我妻到故乡去作长期的归宁，把两个小孩子留剩在这里，交托我管。我每晚要同他们一同睡觉。他们先睡，九点钟定静，我开始读书，作文，往往过了半夜，才钻进他们的被窝里。天一亮，小孩子就醒，像鸟儿地在我耳边喧聒，又不绝地催我起身。然这时候我正在晨梦，一面隐隐地听见他们的喧聒，一面作梦中的遨游。他们叫我不醒，将嘴巴合在我的耳朵上，大声疾呼"爸爸！起身了！"

[1] 本篇原载1927年11月10日《小说月报》第18卷第11号，署名：子恺。

梦

立刻把我从梦境里拉出。有时我的梦正达于兴味的高潮，或还没有告段落，就回他们话，叫他们再唱一曲歌，让我睡一歇，连忙蒙上被头，继续进行我的梦游。这的确会继续进行，甚且打断两三次也不妨。不过那时候的情形很奇特：一面寻找梦的头绪，继续演进，一面又能隐隐地听见他们的唱歌声的断片。即一面在热心地做梦中的事，一面又知道这是虚幻的梦。有梦游的假我，同时又有伴小孩子睡着的真我。

但到了孩子大哭，或梦完结了的时候，我也就毅然地起身了。披衣下床，"今日有何要务"的真我的正念凝集心头的时候，梦中的妄念立刻被排出意外，谁还留恋或计较呢？

"人生如梦"，这话是古人所早已道破的，又是一切人所痛感而承认的。那末我们的人生，都是——同我的晨梦一样——在梦中晓得自己做梦的了。这念头一起，疑惑与悲哀的感情就支配了我的全体，使我终于无可自解，无可自慰。往往没有穷究的勇气，就把它暂搁在一旁，得过且过地过几天再说。这想来也不是我一人的私见，讲出来一定有许多人表示同感吧！

因为这是众目昭彰的一件事：无穷大的宇宙间的七尺之躯，与无穷久的浩劫中的数十年，而能上穷星界的秘密，下探大地的宝藏，建设诗歌的美丽的国土，开拓哲学的神秘的境地。然而一到这脆弱的躯壳损坏而朽腐的时候，这伟大的心灵就一去无迹，永远没有这回事了。这个"我"的儿时的欢笑，青年的憧憬，中年的哀乐，名誉，财产，恋爱……在当时何等认真，何等郑重；然而到了那一天，全没有"我"的一回事了！哀哉，"人生如梦！"

然而回看人世，又觉得非常诧异：在我们以前，"人生"已被反复了数千万遍，都像昙花泡影地倏现倏灭。大家一面明明知道自己也是如此，一面却又置若不知，毫不怀疑地热心做人。—— 做官的热心办公，做兵的热心体操，做商的热心算盘，做教师的热心上课，做车夫的热心拉车，做厨房的热心烧饭……还有做学生的热心求知识，以预备做人 —— 这明明是自杀,慢性的自杀!

这便是为了人生的饱暖的愉快,恋爱的甘美,结婚的幸福,爵禄富厚的荣耀,把我们骗住,致使我们无暇回想,流连忘返,得过且过,提不起穷究人生的根本的勇气,糊涂到死。

"人生如梦!"不要把这句话当作文学上的装饰的丽句!这是当头的棒喝!古人所道破,我们所痛感而承认的。我们的人生的大梦,确是 —— 同我的晨梦一样 —— 在梦中晓得自己做梦的。我们一面在热心地做梦中的事,一面又知道这是虚幻的梦。我们有梦中的假我,又有本来的"真我"。我们毅然起身,披衣下床,真我的正念凝集于心头的时候,梦中的妄念立刻被置之一笑,谁还留恋或计较呢?

同梦的朋友们!我们都有"真我"的,不要忘记了这个"真我",而沉酣于虚幻的梦中!我们要在梦中晓得自己做梦,而常常找寻这个"真我"的所在。

〔1927年〕

艺术三昧[1]

有一次我看到吴昌硕写的一方字。觉得单看各笔划,并不好。单看各个字,各行字,也并不好。然而看这方字的全体,就觉得有一种说不出的好处。单看时觉得不好的地方,全体看时都变好,非此反不美了。

原来艺术品的这幅字,不是笔笔,字字,行行的集合,而是一个融合不可分解的全体。各笔各字各行,对于全体都是有机的,即为全体的一员。字的或大或小,或偏或正,或肥或瘦,或浓或淡,或刚或柔,都是全体构成上的必要,决不是偶然的。即都是为全体而然,不是为个体自己而然的。于是我想象:假如有绝对完善的艺术品的字,必在任何一字或一笔里已经

---

[1] 本篇原载1927年8月10日《小说月报》第18卷第8号。

表出全体的倾向。如果把任何一字或一笔改变一个样子，全体也非统统改变不可；又如把任何一字或一笔除去，全体就不成立。换言之，在一笔中已经表出全体，在一笔中可以看出全体，而全体只是一个个体。

所以单看一笔一字或一行，自然不行。这是伟大的艺术的特点。在绘画也是如此。中国画论中所谓"气韵生动"，就是这个意思。西洋印象画派的持论："以前的西洋画都只是集许多幅小画而成一幅大画，毫无生气。艺术的绘画，非画面浑然融合不可。"在这点上想来，印象派的创生确是西洋绘画的进步。

这是一个不可思议的艺术的三昧境。在一点里可以窥见全体，而在全体中只见一个体。所谓"一有多种，二无两般"（《碧岩录》）就是这个意思吧！这道理看似矛盾又玄妙，其实是艺术的一般的特色，美学上的所谓"多样的统一"，很可明了地解释，其意义：譬如有三只苹果，水果摊上的人把它们规则地并列起来，就是"统一"。只有统一是板滞的，是死的。小孩子把它们触乱，东西滚开，就是"多样"。只有多样是散漫的，是乱的。最后来了一个画家，要写生它们，给它们安排成一个可以入画的美的位置，——两个靠拢在后方一边，余一个稍离开在前方，——望去恰好的时候，就是所谓"多样的统一"，是美的。要统一，又要多样；要规则，又要不规则；要不规则的规则，规则的不规则；要一中有多，多中有一。这是艺术的三昧境！

宇宙是一大艺术。人何以只知鉴赏书画的小艺术，而不知鉴赏宇宙的大艺术呢？人何以不拿看书画的眼来看宇宙呢？如果拿看书画的眼来看宇宙，必可发现更大的三昧境。宇宙是一个浑然融合的全体，万象都是这全体的多样而统一的诸相。在万象的一点中，必可窥见宇宙的全体；而森罗的万象，只是一个个体。勃雷克〔布莱克〕的"一粒沙里见世界"，孟子的"万物皆备于我"，就是当作一大艺术而看宇宙的吧！艺术的字画中，没有可以独立存在的一笔。即宇宙间没

多样统一

有可以独立存在的事物。倘不为全体，各个体尽是虚幻而无意义了。那末这个"我"怎样呢？自然不是独立存在的小我，应该融入于宇宙全体的大我中，以造成这一大艺术。

缘[1]

这是前年秋日的事：弘一法师云游经过上海，不知因了什么缘，他愿意到我的江湾的寓中来小住了。我在北火车站遇见他，从他手中接取了拐杖和扁担，陪他上车，来到江湾的缘缘堂，请他住在前楼，我自己和两个孩子住在楼下。

每天晚快天色将暮的时候我规定到楼上来同他谈话。他是过午不食的，我的夜饭吃得很迟。我们谈话的时间，正是别人的晚餐的时间。他晚上睡得很早，差不多同太阳的光一同睡着，一向不用电灯。所以我同他谈话，总在苍茫的暮色中。他坐在靠窗口的藤床

---

[1] 本篇原载1929年6月10日《小说月报》第20卷第6号。

書的橫隊

排尾獨自力息.

书的横队

上，我坐在里面椅子上，一直谈到窗外的灰色的天空衬出他的全黑的胸像的时候，我方才告辞，他也就歇息。这样的生活，继续了一个月。现在已变成丰富的回想的源泉了。

内中有一次，我上楼来见他的时候，看他脸上充满着欢喜之色，顺手向我的书架上抽一册书，指着书面上的字对我说道：

"谢颂羔居士。你认识他否？"

我一看他手中的书，是谢颂羔君所著的《理想中人》。这书他早已送我，我本来平放在书架的下层。我的小孩子欢喜火车游戏，前几天把这一堆平放的书拿出来，铺在床上，当作铁路。后来火车开毕了，我的大女儿来整理，把它们直放在书架的中层的外口，最容易拿着的地方。现在被弘一法师抽着了。我就回答他说：

"谢颂羔君是我的朋友，一位基督教徒……"

"他这书很好！很有益的书！这位谢居士住在上海吗？"

"他在北四川路底的广学会中当编辑。我是常常同他见面的。"

说起广学会,似乎又使他感到非常的好意。他告诉我,广学会创办很早,他幼时,住在上海的时候,广学会就已成立。又说其中有许多热心而真挚的宗教徒,有一个外国教士李提摩太曾经关心于佛法,翻译过《大乘起信论》。说话归根于对《理想中人》及其著者谢颂羔居士的赞美。他说这种书何等有益,这著者何等可敬。又说他一向不看我书架上的书,今天偶然在最近便的地方随手抽着了这一册。读了很感激,以为我的书架上大概富有这类的书。检点一下,岂知别的都是关于绘画,音乐的日本文的书籍。他郑重地对我说:

"这是很奇妙的'缘'!"

我想用人工来造成他们的相见的缘,就乘机说道:

"几时我邀谢君来这里谈谈,如何?"

他说,请他来很对人不起。但他脸上明明表示着很盼望的神色。

过了几天，他写了一张横额，"慈良清直"四字，卷好，放在书架上。我晚快上去同他谈话的时候，他就拿出来命我便中送给谢居士。

次日我就怀了这横额来到广学会，访问谢君，把这回事告诉他，又把这横额转送他。他听了，看了，也很感激，就对我说：

"下星期日我来访他。"

这一天，邻人陶载良君备了素斋，请弘一法师到他寓中午餐。谢君和我也被邀了去。我在席上看见一个虔敬的佛徒和一个虔敬的基督徒相对而坐着，谈笑着，我心中不暇听他们的谈话，只是对着了目前的光景而瞑想世间的"缘"的奇妙：目前的良会的缘，是我所完成的。但倘使谢君不著这册《理想中人》，或著而不送我，又倘使弘一法师不来我的寓中，或来而不看我书架上的书，今天的良会我也无从完成。再进一步想，这书原来久已埋在书架的下层，倘使我的小孩子不拿出来铺铁路，或我的大女儿整理的时候不把它放在可使弘一法师随手抽着的地方，今天这良会也决不会在世间出现。仔细想来，无论何事都是大大小小，千千万万的"缘"所凑合而成，缺了一点就不行。世间的因缘何等奇妙不可思议！——这是前年秋日的事。

现在谢君的《理想中人》要再版了，嘱我作序。我听见《理想中人》这一个书名，不暇看它的内容，心中又忙着回想前年秋日的良会的奇缘。就把这回想记在这书的卷首。

一九二九年劳动节子恺记于江湾缘缘堂①

---

① 本文篇末原未署日期。这里所署的日期是发表在《小说月报》时篇末所署。

大帐簿[1]

我幼年时,有一次坐了船到乡间去扫墓。正靠在船窗口出神观看船脚边层出不穷的波浪的时候,手中拿着的不倒翁失足翻落河中。我眼看它跃入波浪中,向船尾方面滚腾而去,一刹那间形影俱杳,全部交付与不可知的渺茫的世界了。我看看自己的空手,又看看窗下的层出不穷的波浪,不倒翁失足的伤心地,再向船后面的茫茫白水怅望了一会,心中黯然地起了疑惑与悲哀。我疑惑不倒翁此去的下落与结果究竟如何,又悲哀这永远不可知的命运。它也许随了波浪流去,搁住在岸滩上,落入于某村童的手中;也许被渔网打

---

[1] 本篇原载1929年5月10日《小说月报》第20卷第5号。

去，从此做了渔船上的不倒翁；又或永远沉沦在幽暗的河底，岁久化为泥土，世间从此不再见这个不倒翁。我晓得这不倒翁现在一定有个下落，将来也一定有个结果，然而谁能去调查呢？谁能知道这不可知的命运呢？这种疑惑与悲哀隐约地在我心头推移。终于我想：父亲或者知道这究竟，能解除我这种疑惑与悲哀。不然，将来我年纪长大起来，总有一天能知道这究竟，能解除这疑惑与悲哀。

后来我的年纪果然长大起来。然而这种疑惑与悲哀，非但依旧不能解除，反而随了年纪的长大而增多增深了。我偕了小学校里的同学赴郊外散步，偶然折取一根树枝，当手杖用了一会，后来抛弃在田间的时候，总要对它回顾好几次，心中自问自答："我不知几时得再见它？它此后的结果不知究竟如何？我永远不得再见它了！它的后事永远不可知了！"倘是独自散步，遇到这种事的时候我更要依依不舍地留连一会。有时已经走了几步，又回转身去，把所抛弃的东西重新拾起来，郑重地道个诀别，然后硬着头皮抛弃它，再向前走。过后我也曾自笑这痴态，而且明明晓得这些是人生中惜不胜惜的琐事；然而那种悲哀与疑惑确实地充塞在我的心头，使我不得不然！

在热闹的地方，忙碌的时候，我这种疑惑与悲哀也会被压抑在心的底层，而安然地支配取舍各种事物，不复作如前的痴态。间或在动作中偶然浮起一点疑惑与悲哀来；然而大众的感化与现实的压迫的力非常伟大，立刻把它压制下去，它只在我的心头一闪而已。一到静僻的地方，孤独的时候，最是夜间，它们又全部浮出在我的心头了。灯下，我推开算术演草簿，提起笔来在一张废纸上信手涂写日间所谙诵的诗句："春蚕到死丝方尽，蜡炬成灰……"没有写完，就拿向灯火上，烧着了纸的一角。我眼看见火势孜孜地蔓延过来，心中又忙着和各个字道别。完全变成了灰烬之后，我眼前忽然分明现出那张字纸的完全的原形；俯视地上的灰烬，又感到了暗淡的悲哀：假定现在我要再见一见一分钟以前分明存在的那张字纸，无论托绅董、县官、省长、大总统，仗世界一切皇帝的势力，或尧

欣欣向荣

舜、孔子、苏格拉底、基督等一切古代圣哲复生，大家协力帮我设法，也是绝对不可能的事了！——但这种奢望我决计没有。我只是看看那堆灰烬，想在没有区别的微尘中认识各个字的死骸，找出哪一点是春字的灰，哪一点是蚕字的灰。……又想象它明天朝晨被此地的仆人扫除出去，不知结果如何：倘然散入风中，不知它将分飞何处？春字的灰飞入谁家，蚕字的灰飞入谁家？……倘然混入泥土中，不知它将滋养哪几株植物？……都是渺茫不可知的千古的大疑问了。

吃饭的时候，一颗饭粒从碗中翻落在我的衣襟上。我顾视这颗饭粒，不想则已，一想又惹起一大篇的疑惑与悲哀来：不知哪一天哪一个农夫在哪一处田里种下一批稻，就中有一株稻穗上结着煮成这颗饭粒的谷。这粒谷又不知经过了谁的刈、谁的磨、谁的春、谁的簸，而到了我们的家里，现在煮成饭粒，而落在我的衣襟上。这种疑问都可以有确实的答案；然而除了这颗饭粒自己晓得以外，世间没有一个人能调查，回答。

袋里摸出来一把铜板，分明个个有复杂而悠长的历史。钞票与银洋经过人手，有时还被打一个印；但铜板的经历完全没有痕迹可寻。它们之中，有的曾为街头的乞丐的哀愿的目的物，有的曾为劳动者的血汗的代价，有的曾经换得一碗粥，救济一个饿夫的饥肠，有的曾经变成一粒糖，塞住一个小孩的啼哭，有的曾经参与在盗贼的赃物中，有的曾经安眠在富翁的大腹边，有的曾经安闲地隐居在毛厕的底里，有的曾经忙碌地兼备上述的一切的经历。且就中又有的恐怕不是初次到我的袋中，也未可知。这些铜板倘会说话，我一定要尊它们为上客，恭听它们历述其漫游的故事。倘然它们会纪录，一定每个铜板可著一册比《鲁滨逊飘流记》更奇离的奇书。但它们都像死也不肯招供的犯人，其心中分明秘藏着案件的是非曲直的实情，然而死也不肯泄漏它们的秘密。

现在我已行年三十，做了半世的人，那种疑惑与悲哀在我胸中，分量日渐增多；但刺激日渐淡薄，远不及少年时代以前的新鲜而浓烈了。这是我用功的结果。因为我参考大众的态度，看他们似乎全然不想起这类的事，饭吃在肚里，钱进入袋里，就天下太平，梦也不做一个。这在生活上的确大有实益，我就拼命以大众为师，学习他们的幸福。学到现在三十岁，还没有毕业。所学得的，只是那种疑惑与悲哀的刺激淡薄了一点，然其分量仍是跟了我的经历而日渐增多。我每逢辞去一个旅馆，无论其房间何等坏，臭虫何等多，临去的时候总要低徊一下子，想起"我有否再住这房间的一日？"又慨叹"这是永远的诀别了！"每逢下火车，无论这旅行何等劳苦，邻座的人何等可厌，临走的时候总要发生一种特殊的感想："我有否再和这人同座的一日？恐怕是对他永诀了！"但这等感想的出现非常短促而又模糊，像飞鸟的黑影在池上掠过一般，真不过数秒间在我心头一闪，过后就全无其事。我究竟已有了学习的功夫了。然而这也全靠在老师——大众——面前，方始可能。一旦不见了老师，而离群索居的时候，我的故态依然复萌。现在正是其时：春风从窗中送进一片白桃花的花瓣来，落在我的原稿纸上。这分明是从我家的院子里的白桃花树上吹下来的，然而有谁知道它本来生在哪一枝头的哪一朵花上呢？窗前地上白雪一般的无数的花瓣，分明各有其故枝与故萼，谁能一一调查其出处，使它们重归其故萼呢？疑惑与悲哀又来袭击我的心了。

总之，我从幼时直到现在，那种疑惑与悲哀不绝地袭击我的心，始终不能解除。我的年纪越大，知识越富，它的袭击的力也越大。大众的榜样的压迫越严，它的反动也越强。倘一一记述我三十年来所经验的此种疑惑与悲哀的事例，其卷帙一定可同《四库全书》《大藏经》争多。然而也只限于我一个人在三十年的短时间中的经验；较之宇宙之大，世界之广，物类之繁，事变之多，我所经验的真不啻恒河中的一粒细沙。

我仿佛看见一册极大的大帐簿，簿中详细记载着宇宙间世界上一切物类事变的过去、现在、未来三世的因因果果。自原子之细以至天体之巨，自微生虫的行动以至混沌的大劫，无不详细记载其来由、经过与结果，没有万一的遗漏。于是我从来的疑惑与悲哀，都可解除了。不倒翁的下落，手杖的结果，灰烬的去

一鹊噪新晴

处,一一都有记录;饭粒与铜板的来历,一一都可查究;旅馆与火车对我的因缘,早已注定在项下;片片白桃花瓣的故萼,都确凿可考。连我所屡次叹为永不可知的、院子里的沙堆的沙粒的数目,也确实地记载着,下面又注明哪几粒沙是我昨天曾经用手掬起来看过的。倘要从沙堆中选出我昨天曾经掬起来看过的沙,也不难按这帐簿而探索。——凡我在三十年中所见、所闻、所为的一切事物,都有极详细的记载与考证;其所占的地位只有书页的一角,全书的无穷大分之一。

我确信宇宙间一定有这册大帐簿。于是我的疑惑与悲哀全都解除了。

一九二九年清明过了写于石湾①

---

① 本文篇末原未署日期。这里所署的日期是发表在《小说月报》时篇末所署。在新中国成立后作者自编的《缘缘堂随笔》(人民文学出版社1957年11月初版)中,篇末误署为:1927年作。

秋[1]

我的年岁上冠用了"三十"二字,至今已两年了。不解达观的我,从这两个字上受到了不少的暗示与影响。虽然明明觉得自己的体格与精力比二十九岁时全然没有什么差异,但"三十"这一个观念笼在头上,犹之张了一顶阳伞,使我的全身蒙了一个暗淡色的阴影,又仿佛在日历上撕过了立秋的一页以后,虽然太阳的炎威依然没有减却,寒暑表上的热度依然没有降低,然而只当得余威与残暑,或霜降木落的先驱,大地的节候已从今移交于秋了。

实际,我两年来的心情与秋最容易调和而融合。

[1] 本篇原载1929年10月10日《小说月报》第20卷第10号。

这情形与从前不同。在往年，我只慕春天。我最欢喜杨柳与燕子。尤其欢喜初染鹅黄的嫩柳。我曾经名自己的寓居为"小杨柳屋"，曾经画了许多杨柳燕子的画，又曾经摘取秀长的柳叶，在厚纸上裱成各种风调的眉，想象这等眉的所有者的颜貌，而在其下面添描出眼鼻与口。那时候我每逢早春时节，正月二月之交，看见杨柳枝的线条上挂了细珠，带了隐隐的青色而"遥看近却无"的时候，我心中便充满了一种狂喜，这狂喜又立刻变成焦虑，似乎常常在说："春来了！不要放过！赶快设法招待它，享乐它，永远留住它。"我读了"良辰美景奈何天"等句，曾经真心地感动。以为古人都太息一春的虚度，前车可鉴！到我手里决不放它空过了。最是逢到了古人惋惜最深的寒食清明，我心中的焦灼便更甚。那一天我总想有一种足以充分酬偿这佳节的举行。我准拟作诗，作画，或痛饮，漫游。虽然大多不被实行；或实行而全无效果，反而中了酒，闹了事，换得了不快的回忆；但我总不灰心，总觉得春的可恋。我心中似乎只有知道春，别的三季在我都当作春的预备，或待春的休息时间，全然不曾注意到它们的存在与意义。而对于秋，尤无感觉：因为夏连续在春的后面，在我可当作春的过剩；冬先行在春的前面，在我可当作春的准备；独有与春全无关联的秋，在我心中一向没有它的位置。

自从我的年龄告了立秋以后，两年来的心境完全转了一个方向，也变成秋天了。然而情形与前不同：并不是在秋日感到像昔日的狂喜与焦灼。我只觉得一到秋天，自己的心境便十分调和。非但没有那种狂喜与焦灼，且常常被秋风秋雨秋色秋光所吸引而融化在秋中，暂时失却了自己的所在。而对于春，又并非像昔日对于秋的无感觉。我现在对于春非常厌恶。每当万象回春的时候，看到群花的斗艳，蜂蝶的扰攘，以及草木昆虫等到处争先恐后地滋生蕃殖的状态，我觉得天地间的凡庸，贪婪，无耻，与愚痴，无过于此了！尤其是在青春的时候，看到柳条上挂了隐隐的绿珠，桃枝上着了点点的红斑，最使我觉得可笑又可怜。我想唤醒一个花蕊来对它说："啊！你也来反复这老

秋云

调了！我眼看见你的无数的祖先，个个同你一样地出世，个个努力发展，争荣竞秀；不久没有一个不憔悴而化泥尘。你何苦也来反复这老调呢？如今你已长了这孽根，将来看你弄娇弄艳，装笑装颦，招致了蹂躏，摧残，攀折之苦，而步你的祖先们的后尘！"

实际，迎送了三十几次的春来春去的人，对于花事早已看得厌倦，感觉已经麻木，热情已经冷却，决不会再像初见世面的青年少女地为花的幻姿所诱惑而赞之，叹之，怜之，惜之了。况且天地万物，没有一件逃得出荣枯，盛衰，生灭，有无之理。过去的历史昭然地证明着这一点，无须我们再说。古来无数的诗人千篇一律地为伤春惜花费词，这种效颦也觉得可厌。假如要我对于世间的生荣死灭费一点词，我觉得生荣不足道，而宁愿欢喜赞叹一切的死灭。对于前者的贪婪，愚昧，与怯弱，后者的态度何等谦逊，悟达，而伟大！我对于春与秋的舍取，也是为了这一点。

夏目漱石三十岁的时候，曾经这样说："人生二十而知有生的利益；二十五而知有明之处必有暗；至于三十的今日,更知明多之处暗亦多,欢浓之时愁亦重。"我现在对于这话也深抱同感;有时又觉得三十的特征不止这一端,其更特殊的是对于死的体感。青年们恋爱不遂的时候惯说生生死死,然而这不过是知有"死"的一回事而已,不是体感。犹之在饮冰挥扇的夏日,不能体感到围炉拥衾的冬夜的滋味。就是我们阅历了三十几度寒暑的人,在前几天的炎阳之下也无论如何感不到浴日的滋味。围炉,拥衾,浴日等事,在夏天的人的心中只是一种空虚的知识,不过晓得将来须有这些事而已,但是不能体感它们的滋味。须得入了秋天,炎阳逞尽了威势而渐渐退却,汗水浸胖了的肌肤渐渐收缩,身穿单衣似乎要打寒噤,而手触法郎绒觉得快适的时候,于是围炉,拥衾,浴日等知识方能渐渐融入体验界中而化为体感。我的年龄告了立秋以后,心境中所起的最特殊的状态便是这对于"死"的体感。以前我的思虑真疏浅!以为春可以常在人间,人可以永在青年,竟完全没有想到死。又以为人生的意义只在于生,而我的一生最有意义,似乎我是不会死的。直到现在，仗了秋的慈光的鉴照，死的灵气钟育，才知道生的甘苦悲欢，是天地间反复过亿万次的老调，又何足珍惜？我但求此生的平安的度送与脱出而已。犹之罹了疯狂的人，病中的颠倒迷离何足计较？但求其去病而已。

我正要搁笔，忽然西窗外黑云弥漫，天际闪出一道电光，发出隐隐的雷声，骤然洒下一阵夹着冰雹的秋雨。啊！原来立秋过得不多天，秋心稚嫩而未曾老练，不免还有这种不调和的现象，可怕哉！

一九二九年秋日①

---

① 本文篇末原未署日期。这里所署的日期是发表在《小说月报》时文末所署。

縁堂